그리스
아토스 반도

스타브로니키타 수도원

카리에   이비론 수도원

필로세우 수도원

다프니   카라칼르 수도원

디오니스우 수도원   그란데 라브라 수도원

아토스 산 2033m

아기아 안나   프로드롬 스키테

캅소카리비아 수도원

3km

비 내리는 그리스에서 불볕천지 터키까지

UTEN ENTEN

비 내리는 그리스에서 불볕천지 터키까지

무라카미 하루키 여행 에세이

마쓰무라 에이조 사진   임홍빈 옮김

문학사상

c o n t e n t s

그리스 아토스, 신들의 리얼 월드

터키 차이와 군인과 양, 21일간의 터키 일주

그리스
아토스, 신들의 리얼 월드

귀로(歸路), 빌린 배에서 지도를 보고 있는 하루키(아기아 안나에서 디오니스우까지).

굿바이, 리얼 월드!

먼저 우라노폴리스에서 배를 탄다.

아토스 반도로 향해 떠나는 순례의 여로는 그곳에서 출발하여 그곳에서 끝나게 되어 있다. 그곳에서 출발해—다시 돌아올 마음이 있다면—그곳으로 돌아오게 된다.

우라노폴리스는 아토스 반도의 뿌리 부분에 붙어 있는 바닷가의 작은 리조트 타운이다. 하루 동안의 배편이라고는 아침 일곱 시 사십오 분에 이 항구에서 출발하는 단 한 편뿐이다. 그래서 되도록 출발하기 전날까지는 이곳에 도착하여 호텔에서 하룻밤을 머문 뒤 여유 있게 아침식사를 끝내고 느긋하게 배를 타는 것이 괜찮은 방법이라고 말할 수 있을지 모르겠다. 그 배를 놓치고 나면 이튿날 아침까지 24시간 동안이나 이 우라노폴리스 마을에서 꼼짝없이 발이 묶이고마는, 꽤 심각한 상황에 직면하게 되기 때문이다(우리는 실제로 그렇게 되고 말았다).

우라노폴리스로부터 다프니까지는 배를 타고 가면 약 두 시간이 걸린다. 갑판에 드러누워 느긋하게 일광욕을 즐기기엔 더없이 좋은 시간이지만, 그 두 시간의 항해에 의해 내가 서 있는 세계는 확실하고 분명하게, 두 개의 서로 다른 모습으로 갈라져버리게 된다. 우라노폴리스와 다프니라는 두 마을 사이에는 그러한 결정적인 차이가 존재한다. 이 두 마을은 생겨난 과정이 전혀 다르고, 따라서 지켜야 하는 규범이나 가치관도 전혀 다르다. 살고 있는 사람들의 종류도 다르거니와 지향하는 방향도 다르다. 한마디로 말하자면 우라노폴리스는 질서 없이 어지럽지만 미워할 수 없는 우리 같은 속세의 인간들이 속한 마을인 반면, 다프니는 보편성과 청렴과 신앙으로 가득 찬 성스러운 영역에 속한 마을이다. 그리고 그 두 곳을, 감히 정반대까지는 아니더라도 많은 점에서 서로 양립할 수 없는 두 마을을, 하루 한 번 운항하는 페리호가 연결해주고 있는 것이다.

우라노폴리스—설명을 하고 넘어가자면, 우라노폴리스는 heavenly town^{천국과도 같은 마을}이라는 의미이다—에는 몇 개의 작은 호텔이 있고, 타베르나taverna^{서민적인 식당 혹은 주점}가 있고, 해변이 있고, 부두가 있고, 길거리에는 독일 번호판을 단 캠핑카들이 빽빽하게 줄지어 주차해 있다. 한 줄기 거리를 끝에서 끝까지 걷다 보면 대부분의 볼일은 다 볼 수 있을 정도의 마을 규모이다. 아름다운 해변과 아연할 정도로 넓은 주차장(아토스로 가는 사람들이 모두 여기에 차를 세우기 때문이 아닐까)과 부두가 있다. 정체를 알 수 없는 오래된 석탑 같은 것도 있다. 타베르나의 입구에는 '비어 슈프레헨 도이체Wir Sprechen Deutsch'라는 간판이 걸려 있다. 카라마리^{작은 오징어}를 기름에 튀기는 독특한 냄새가 난다. 진한 선글라스를 쓴 수영복 차림의 여자가 고무 샌들을 끌면서 천천히 길을 가로질러 간다. 주위의 풍경과는 무서울 정도로 어울리지 않는 마이클 잭슨의 노래가 라디오에서 흘러나온다. It's bad, it's bad……. 그늘에서는 한 마리의 커다란 개가 생사의 경계선을 헤매는 듯이 깊은 잠에 빠져 있다. 배낭여행족이 하나에 45엔 하는 큰 무슈키로 빵을 소중하게 가슴에 안고 걸어간다. 카페니온^{야외 카페를 뜻하는 그리스어}에서는 동네 노인네들이 줄담배를 피워대며 주위의 공기와 자신들의 폐를 계속 더럽히고 있다. 그리스라면 어디에서나 흔히 볼 수 있는 푼돈이나 긁어모으는 비치 리조트다. 하지만 여기가 마지막이다. 이곳이 우리의 사소한 현실 세계의 작은 끝인 것이다.

이제부터는 여자도 없고, 타베르나도 없고, 마이클 잭슨도 들리지 않으며, 독일인 관광객도 없다. 독일인 관광객마저도 없다네, 베이비. 그렇다, 이곳은 현실 세계의 막다른 장소이다. 욕망의 마지막 기회인 것이다. 리얼 월드의 프런티어인 것이다.

페리의 출발 시간을 대지 못하고 뒤늦게 부두에 도착한 우리

건축자재를 운반하는 배의 갑판(우라노폴리스에서 다프니까지).

는 다프니까지 건축자재를 실어 나르는 배를 어렵사리 찾아내서 선장과 교섭을 한 뒤 3,000엔을 지불하고 그 배에 편승하게 되었다. 승객은 우리뿐이다. 아무튼 우리는 우라노폴리스에서 하루를 낭비하지 않을 수 있었다.

그런데 그건 둘째치고 이 얼마나 아름다운 바다란 말인가. 우라노폴리스항을 떠난 뒤 얼마쯤 지나 우리는 전혀 다른 새로운 영역으로 이끌려 들어가게 되었다. 나는 한참 동안 난간 밖으로 몸을 내민 채 질리지도 않고 그 바다를 물끄러미 바라보았다. 아름다운 바다가 많은 그리스이지만, 이 아토스의 바다와 같은 아름다움을 지닌 곳을 나는 본 적이 없다. 물론 그냥 투명하고 파랗고 깨끗하기만 한 바다라면 얼마든지 있다. 그러나 이 바다의 아름다움은 그런 것들과는 전혀 다른 아름다움이다. 그것은 뭐랄까, 전혀 다른 차원의 투명함이자 푸르름이다. 물은 마치 진공 상태의 공간처럼 선명하게 맑았고, 그리고 짙은 포도주색으로 물들어 있다. 그렇다, 마치 깊은 땅속의 틈 사이에서 대지가 빚어낸 포도주가 보글보글 솟아올라 그것이 바다를 물들이는 듯한, 눈이 아찔할 만큼의 푸르름이다. 거기에는 선명한 냉철함이 있고, 풍성함이 있고, 모든 관념적인 규정을 무너뜨릴 무서울 만큼의 깊이가 있다. 그리고 거기에 늦여름 아침의 강한 햇빛이 칼날처럼 격렬하게 내리쬐다가는 다시 굴절되어 보기 좋게 튕겨

선수(船首)에 선 선장(우라노폴리스에서 다프니까지).

산산이 흩어진다. 배의 그림자가 선명하게 윤곽을 바다 밑바닥에 비추며 잔잔하게 흔들린다. 물고기 떼가 소리 없이 옆을 가로질러 간다. 바다는 오염되어 있지 않다. 아무리 눈을 가느다랗게 뜨고 살펴보아도 더럽다고 할 거라고는 전혀 눈에 띄지 않는다. 그것은 어쩌면 '바다'라고 불러서는 안 될 것 같은 느낌이 들었다. 문득 이것은 어쩌면 일종의 의식이 아닐까 하는 생각까지 들었다. 정신이 아득해질 것 같은 시간과 희생을 거쳐 철저하게 양식화된, 미의 핵심으로 돌진한 나머지 본래의 의미마저 잃어버린 의식, 그런 의식을 떠올리게 한다.

그 정도로 바다는 아름다웠던 것이다.

배가 그런 바다를 나아감에 따라 오징어튀김과 수영복을 입은 여자와 마이클 잭슨과 말보로 광고와 이런저런 것들이 점점 뒤편에서 작아져 간다. 그리고 어느새 사라져버린다. 한번 사라져버리면 그런 것들이 존재했다는 사실조차 내 머릿속에서 희미해진다. 내 눈에 비치는 것은 울퉁불퉁한 반도의 해안과 암벽뿐이다. 그리고 해안을 따라 조금씩, 마치 중세로 시간을 건너뛰어 온 것처럼 위엄 있는 수도원의 자태가 보이기 시작한다. 아토스다.

아토스는 어떤 세계인가?

아토스를 여행하기 전에 우리가 알아두어야 할 것이 몇 가지 있다. 그중에서도 가장 기본적인 것— 그것은 아토스 반도는 전혀 다른 세계라는 사실이다. 아토스는 이쪽 세계와는 전혀 다른 원칙에 따라 움직이는 세계다. 그 원칙이란 바로 그리스정교이다. 이 땅은 그리스정교의 성지이며 사람들은 신에 가까이 다가가기 위해 이곳을 방문한다. 때문에 이 땅은 그리스 국내이면서도 종교적 성지로서 완전한 자치를 정부로부터 인정받고 있다.

아토스의 땅을 지배해온 법은 그 어느 다른 세속의 법이나 헌법보다 오래되었고 강력하다. 동로마 황제가 이 땅을 통치하고, 이어 터키인이 다스렸으며, 그리고 그리스 정부가 지배하게 되었다. 그러나 어떠한 정치체제하에서도 아토스의 종교적 공동체로서의 체제는 티끌만큼도 흔들리지 않았다. 그것이 아토스다.

아토스 반도에는 현재 스무 개의 수도원이 존재하고, 약 2천 명의 수도사들이 그곳에서 엄격한 수행을 쌓고 있다. 그들은 수도원이 창설된 비잔틴 시대와 거의 다름없는 소박한 자급자족 생활을 이어가며 신에게 가까이 다가가기 위해 밤낮으로 기도를 드리고 있다. 그들은 매우 진지한 사람들이다. 그들은 종교적 진리와 더없는 행복에 도달하기 위해 속세를 떠나 세속적인 욕망을 끊은 채 수행을 쌓는다. 그들의 기도는 상당히 미묘한 집중력이 요구되는 것이기 때문에 그들은 일부러 이 성역으로 들어온다. 결코 보이스카우트 활동 같은 규율로 수행하고 있는 것이 아니다. 이 사실을 우선 확실하게 머릿속에 넣어두지 않으면 안 된다. 그렇기 때문에 이곳에는 여자가 단 한 명도 살고 있지 않으며 입산하는 것도 금지되어 있다. 그런 것—말이 조금 심하긴 하지만— 이 있으면 수행하는 데 지장을 주기 때문이다. 동물도 암컷은 들어오지 못하게 되어 있다. 수컷들은 모두 거세된다. 물론 말할 것도 없는 것이지만 그렇다고 아토스의 모든 동물이 수컷뿐이라는 얘기는 아니다. 이것은 가축처럼 덩치가 큰 동물에게만 국한된다는 얘기다.

그리고 이 땅은 그리스정교도를 위한 곳이므로 이교도 외국인이 이곳에 들어가기 위해서는 그리스 외무성으로부터 특별 비자를 받아야 할 필요가 있다. 아무 상관도 없는 사람들이 우르르 이 땅에 몰려오면 차분하게 수행을 쌓을 수 없기 때문이다. 외국인의 체재 기한은 원칙적으로 3박 4일이다. 그 이상의 체재를 허가받기란 상당히 어렵다.

전설에 의하면 성모마리아가 키프로스에 사는 라잘로를 찾아가려고 배를 탔다가 태풍을 만나 항로에서 이탈했으나, 그때 하나님의 인도로 이 아토스 해안에 흘러들어 왔다고 한다. 그때까지 이곳은 어리석은 이교도가 지배하고 있었지만, 성모마리아가 해안에 발을 들여놓자마자 모든 우상들은 가루가 되어 흩어져버렸다. 마리아는 이 아토스를 성스러운 정원으로 정하고, 여자는 이 땅에 영원히 발을 들여놓을 수 없다고 선언했다. 그렇게 아토스는 신의 축복을 받은 성스러운 땅이 된 것이다, 하는 이야기이다.

만약 현재 그런 일이 벌어졌다면, 마리아는 전 세계 페미니스트 단체로부터 격렬하게 규탄받았을 것이다. 하지만 이것이 2천 년 전의 얘기이다 보니 누구도 별로 화를 내지는 않는다. 그리고 그 이후로 여자들은 여기에 발을 들여놓을 수 없게 되었다. 내 개인적 감상을 말해보자면, 여자들이 발을 들여놓을 수 없는 장소가 전 세계에 한 군데쯤 있어도 나쁘지 않다고 생각한다. 남자가 발을 들여놓을 수 없는 장소가 어딘가에 있다고 해도 나는 별로 화나지 않는다.

한편 이곳에 본격적으로 수도원이 지어진 것은 10세기 때부터이다. 가장 번성했던 때에는 마흔 개의 수도원에 2만 명의 수도사가 수행을 쌓고 있었다고 한다. 한때 터키 제국의 지배를 받던 시대에는 재정적인 문제와 연이은 해적의 습격 때문에 크게 쇠퇴했지만, 20세기에 들어서 다시 조금씩 부흥의 조짐을 보이며 현재에 이르고 있다. 특히 60년대 이후에는 물질주의에 실망하고 그것을 대체할 수 있는 가치관으로서의 종교에 눈을 뜬 젊은이들, 그것도 대학을 나온 지식층이 출가해서 이곳에 칩거하는 경우가 늘어나면서 새로운 영적인 성역으로 세계적인 각광을 받고 있다고 한다. 나도 이 아토스를 둘러본 뒤에 느낀 것이지만 어느 수도원을 가나 젊은이들이 상당히 많고 그들은 대부분 뛰어난 어학 능력을 갖고 있었다. 그런 면에서 보자면 이 아토스라는 지역은 일본에서 생각하는 기성 종교와는 전혀 사정이 다르다. 이 지역에서 종교는 문자 그대로 살아 있는 것이다. 같은 시대 안에서 숨 쉬고 있는 것이다.

또한 이 반도에는 자연이 거의 훼손되지 않은 채로 남아 있다. 관광개발업자들의 손이 전혀 닿지 않은, 그리스 국내 유일의 지역이라고 해도 좋을 것이다. 지형도 험악하다. 이곳에는 평지라고 할 만한 것이 거의 존재하지 않는다. 산뿐이다. 반도의 남쪽에는 아토스 산이라고 하는 2천 미터의 산이 솟아 있다. 해안은 전부 절벽으로 이루어져 있어 사람들이 범접할 수 없는 위엄을 지니고 있다. 어디를 가든 자신의 발로 일일이 산을 넘어가야만 한다. 이 반도에는 교통수단이라는 것이 '전혀' 라고 해도 좋을 정도로 존재하지 않기 때문이다.

나는 책에서 아토스에 관한 얘기를 읽은 후로 어떻게 해서든 꼭 한 번 이곳에 와보고 싶었다. 그곳에는 어떤 사람들이 있고 어떻게 살아가고 있는지, 실제 내 눈으로 보고 싶었던 것이다.

그런 이유로 1988년 9월 아침에 우리는 우라노폴리스에서 배를 타고 다프니로 향하게 되었다. 일행은 카메라를 담당하는 마쓰무라 씨와 편집자 O씨였다. 마쓰무라 씨와 나는 이후에 자동차로 터키를 일주하기로 되어 있다. 우선 여기 아토스가 출발점이다. O씨는 아토스에 들어갈 때 필요한 여러 가지 수속이 번거로워서 여기까지 동행해주었다.

결과적으로 말하면 이번 여행은 상당히 힘든 여행이 되었다. 나는 결코 힘든 여행을 싫어하는 사람이 아니지만 그래도 이 여행은 꽤 힘들었다. 길은 한없이 험악했고, 날씨는 매우 변덕스러웠으며, 식사는 너무나도 형편없었다.

그래도 어쨌거나 순서를 따라 가보기로 하자. 우선 아토스의 입구, 다프니다.

다프니에서 카리에로

배가 다프니 항구에 도착했다. 멀리서 보면 그것은 그리스의 평범한 여느 항구와 다를 바가 없다. 그러나 점점 가까이 다가갈수록 결코 평범하지 않은 점을 하나 둘 발견하게 된다. 우선 첫 번째, 남자밖에 없다. 금녀의 땅이므로 당연하다면 당연한 일이지만, 실제로 여자가 한 명도 존재하지 않는 광경을 마주하자 그 나름대로의 감상이라고 할 만한 것이 있다. 항구 근처에는 백여 명의 사람이 모여 있었지만 모두 남자였다. 그중에서 반 이상이 수도사였다. 따라서 전체적인 광경은 매우 어둡게 느껴졌다. 드디어 여기부터 성역인 것이다.

그리고 그리스의 여름치고는 상당히 이례적이지만 소위 관광객처럼 보이는 사람들의 모습이 전혀 보이지 않았다. 풍채 좋은 중년의 독일인 부부도 없고, 캐나다 국기를 배낭에 꽂은 채 씩씩하게 걸어가는 배낭여행족도 보이지 않는다. 물론 여행자처럼 보이는 사람들이 꽤 있었지만(그들은 삼십 분 전 페리를 타고 한발 먼

22

남자들만 있는 다프니항.

버스가 올 때까지 기다렸던 다프니의 카페.

저 이곳에 도착한 사람들이다). 거의 대부분이 그리스 사람들이었다. 그리고 모두 매우 소박한—바꿔 말하자면 평균적으로 그리스적이라고 할 수 있는—옷을 입고 있었다. 그들은 그리스 각지에서 멀고 먼 성역으로 순례를 위해 찾아온 선남(선녀는 없음)들이다.

군중의 대부분을 차지하는 수도사들은 모두 라소^{수도사들이 입는 옷. 소매가 길고 길이가 발목까지 내려오며 폭이 넓음}라는 그리스정교의 수도복을 몸에 걸치고 있었다. 그리고 머리에는 생일 케이크 모양의 원주형 모자를 쓰고 있었다. 게다가 전원이 수염을 길게 기르고 있다. 그리스정교에 대해 잘은 모르지만 아마 수염을 자른다는 것은 교리에 위반되는 행위인 모양이다. 머리도 모두 길어 그것을 상투처럼 뒤에서 하나로 질끈 묶고 있다. 그런 수도사들의 모습을 그리스 어디에서나 일상적으로 볼 수 있지만, 이렇게 한 장소에 가득 모여 있는 것을 보기는 처음이다. 게다가 재미있게도 눈여겨보면 한 사람 한 사람 옷차림과 소지품들이 미묘하게 달랐다. 걸레처럼 너덜너덜한 라소를 걸치고, 노끈으로 허리춤을 묶고, 헐렁한 주머니 같은 것을 등에 메고 있는 골수파 수도사도 있다. 그것은 수도사라기보다는 솔직히 거지에 가까워 보인다. 그런가 하면 그 옆에는 아침에 세탁소에서 막 찾아온 것 같은 주름 하나 없이 깔끔한 라소를 갖춰 입고, 서류가방을 들고, 선글라스를 쓴, 트렌디한 여피형 수도사도 있다. 그리고 양자를 극단으로 하고 사이에 각양각색의 수도복을 입은 여러 수도사들이 마치 그러데이션처럼 점점이 자리하고 있다. 그들을 한 장소에 모아놓고 순서대로 일렬로 세워보고 싶어질 정도였다.

동일한 하나의 종교이고, 게다가 이렇게 좁은 반도 안인데도 왜 이처럼 수도복이 차이 나는지 나로서는 잘 이해할 수 없었다.

청결이나 불결뿐만 아니라 라소의 색깔 하나만 보더라도 모두 모습에 차이가 있다. 옅은 회색에서 진한 보라색, 검은색까지 온갖 색깔들이 역시 그러데이션처럼 골고루 모여 있다. 수도원에 따라 각각 색이 다른 것인지, 아니면 지위나 역할에 따라 다른 것인지, 나로서는 판단할 수 없다. 수도사들 사이에도 빈부의 차이가 있어 세련된 사람과 세련되지 못한 사람 혹은 골수파와 진보파가 존재하는 것일까? 하지만 이런 것들에 대해 일일이 생각하고 있어봤자 어차피 부질없는 일. 뭐, 그냥 그런 것인가 보다, 하고 대충 납득하고 넘어가기로 했다. 뭐, 그런 것이다.

(하지만 이것도 나중에 알게 된 사실이지만, 그들은 실제로 한 명 한 명 모두 달랐다. 그들은 각자가 속하는 장소에 따라 혹은 삶의 방식에 따라 모든 것이 전혀 달랐던 것이다. 그렇게 아토스란 곳은 자신의 생활방식과 행동방식을 선택할 수 있는 장소다. 그러므로 그들이 서로 다른 차림새를 하고 있는 것은 당연한 것이다.)

다프니 항구에 내리면 우선 여권보관소 같은 곳이 있다. 여기에 여권을 맡긴 후에 수도인 카리에로 간다. 카리에에는 아토스 산 사무국 같은 곳이 있는데, 그곳에서 입국심사를 받고 심사가 끝나면 체류허가증을 받는다. 이 허가증이 없으면 아토스 산을 돌아다닐 수 없다. 매우 엄격하다.

다프니에서 카리에까지는 버스를 타고 간다. 버스라고 부르기에는 멋쩍은 임시 차량이지만, 그런대로 잘 굴러다니기는 하는 것 같다. 아마 삼십 년 정도 쓰고 있는 것 아닐까? 자동차도 이만큼 닳고 닳을 정도로 오래 썼다면 자동차로서는 원도 한도 없이 행복을 누렸다고 할 만하다. 버스는 반도 내에 한 대밖에 없다.

실은 우리가 도착했을 때 마침 버스는 출발하기 직전이었지만 자리가 꽉 차서 탈 수 없었다. 어떻게 좀 탈 수 없는가 부탁을 해봤으나 퉁명스럽게 "안 된다"는 말을 들었다. 그다지 친절한 운전사라고는 할 수 없었다. 카리에까지 갔다가 다시 돌아올 테니 여기서 한 시간 정도 기다리라는 것이었다. 덕분에 또 한 시간 일정이 늦어지게 되었다. 이 땅에서는 일을 서둘러봤자 어쩔 수 없는 듯하다. 그렇다고 서두르는 사람들이 전혀 없는 것은 아니다. 버스가 출발하려고 하자 50세 전후의 풍채를 지닌 수도사가 다가와 버스의 문을 탕탕 두드리며 "어이, 태워줘"라고 말했다. 운전사가 "만원이니 안 됩니다"라고 말해도 아랑곳하지 않고 계

다프니에서 카리에, 이비론을 연결해주는 낡은 버스.

카리에의 입국심사 사무소 로비.

속해서 문을 탕탕 두드렸다. 결국 운전사도 포기하고 문을 열어 이 수도사를 태워주었다. 그 눈빛하며 문을 두드리는 것하며 거의 막무가내였다. 성직에 있는 사람이 저래도 되는 걸까? 하는 생각이 들었다. 정말 이해할 수 없는 땅이다. 처음부터 이래저래 혼란스러운 일들이 너무 많다. 그래도 어쩔 수 없으니 한 시간을 기다리기로 했다.

다프니 항구에는 작은 우체국, 작은 세관 사무소, 작은 경찰서가 있다. 카페도 있다. 작은 잡화점도 세 개 정도 있다. 버스를 기다리는 동안 나는 비상식량을 조금 구입해서 배낭 안에 넣어두었다. 아토스에 일단 발을 들여놓으면 세속적인 물건은 절대로 살 수 없을 것이라고 상상했었지만 의외로 잡화점에는 웬만한 식품이 거의 갖춰져 있었다. 상자는 먼지를 뒤집어쓰고, 통조림통은 녹이 슬어 있었지만, 그런 것에 신경 쓰지 않는다면 물건이 부족하지는 않았다. J&B 위스키부터 싸구려 우조에 이르기까지 각종 주류, 고기와 생선 통조림, 인스턴트 커피, 과자 등. 아마 순례를 위해 찾아온 여행자들이 여기에서 식품을 사서 수도원 순례를 떠나는 모양이다. 수도원에서는 아주 적은 양의 식사밖에 나오지 않기 때문이다. 수도사들도 여기에서 무언가를 살지 어떨지까지는 잘 모르겠다. 하지만 어쨌거나 하나부터 열까지 금욕을 엄격하게 요구하는 곳은 아닌 것 같다. 일종의 **포용**

같은 것이 은연중에 존재하고 있는 것 같다(나중에 알고 보니 이 반도에는 수도사 외에도 막일을 하러 와 있는 노동자들이 상당수 있어서 그들에게 생활필수품을 팔아야 하는 사정이 있었다). 나도 여기서 와인과 빵, 치즈, 콘비프 통조림, 배, 크래커 그리고 레몬을 네 개 샀다 (레몬은 나중에 천 근의 무게감을 지니게 된다). 물통에 물을 채우고 반도의 지도를 샀다. 그리고 카페에 들어가 아마 마지막이 될 맥주를 마시고 빵을 씹었다. 그리고 버스가 올 때까지 항구에서 꾸벅꾸벅 낮잠을 잤다.

항구에는 개 두 마리와 고양이 네 마리가 있다. 혹시나 해서 살펴보니 개는 두 마리 모두 수컷이었다. 두 녀석 모두 확실한 수컷의 성징을 지니고 있다. 씩씩하면서도 슬퍼 보이는. 그렇다, 원칙은 잘 지켜지고 있다. 그러나 고양이의 성별까지는 유감스럽게도 알 수 없었다. 개에 비하면 고양이는 이 땅에서 훨씬 더 고달픈 생활을 하고 있는 듯 쉽사리 내가 성별을 조사하게 가만히 있지 않았다. 원래 고양이의 암수를 구분하는 것은 개의 성별을 구분하는 것보다 훨씬 어렵다.

목적을 이루지 못한 채 물끄러미 벽 위에 있는 고양이들을 노려보는 사이에 버스가 산을 타고 내려왔다. 이제부터 드디어 아토스 내부로 들어가는 것이다.

카리에에서 스타브로니키타로

아토스는 녹색이 풍부한 땅이다. 수목이 빈약한 여름날의 그리스, (특히 남부 그리스의) 붉게 변한 땅에 익숙해진 눈에 이 광경은 너무나 신선하게 비쳐졌다. 해안과 인접한 가파른 절벽을 제외하면 어디를 보더라도 울창한 숲과 초원이 이어지고 있다.

버스는 흙먼지를 일으키며 산길을 올라가 산등성이를 넘어 맞은편에 있는 수도 카리에로 우리를 데려다주었다. 수도라고는 해도 카리에는 적막할 정도로 조용한 도시다. 도시라는 표현조차 어딘지 어울리지 않을 듯하다. 매우 평화로운 곳이다. 버스 정류장이 있는 광장 주변에 오래된 석조 건물이 몇 개 늘어서 있을 뿐이다. 교회가 있고, 종탑이 있고, 또 몇 개의 잡화점이 있다. 여기에도 역시 개와 고양이가 있다. 사람들은 그다지 많지 않았다. 가방이나 주머니 같은 것을 든 몇 명의 수도사들이 햇볕을 쬐고 있을 뿐이었다. 나를 보더니 나이 든 수도사가 다가와 어디에서 왔는지 물었다. 일본이라고 대답하자 "당신은 정교도

카리에에서 스타브로니키타로 가는 중 수도사에게 길을 묻다.

인가?"라고 묻는다. "아닙니다"라고 대답하자 종교가 뭐냐고 묻는다. 어쩔 수 없이 불교도라고 대답한다. 무교라고 했다가는 아마 이 아토스 반도에서 쫓겨날지도 모르기 때문이다. "일본에 정교 교회가 있는가?"라고 그가 묻는다. "있다"고 내가 대답하자(간다[神田]에 있는 니콜라이 교회가 바로 그것이다) 그는 만족했다는 듯이 빙긋이 웃는다. 일본이라는 나라도 도저히 구제받지 못할 나라는 아니구나, 하고 생각했을 것이다.

이런 대화는 아토스 반도를 여행하는 동안 열 번 이상 반복된 것 같다. 거의 한 구절도 틀리지 않고 똑같은 순서로 반복되었다. 어디에서 왔나? 정교도인가? 일본에 정교 교회가 있는가? 요컨대 그들에게는 종교가, 그리스정교가 세계의 중심이자 자기 존재의 중심이며 사고 영역의 중심인 것이다. 그것이 그들에게는 현실 세계인 것이다. 그들의 관심은 그곳에서 시작해 그곳에서 끝난다. 그들은 우리와는 전혀 다른 사람들인 것이다.

이 카리에 마을의 본부사무국이라고 할 수 있는 오피스에서 우리는 체류허가증을 받는다. 아토스의 땅은 스무 개의 수도원 교구로 나뉘어 말 그대로 자치구 속의 자치구라고 할 수 있는 독립성을 유지하고 있지만, 여기 카리에의 마을만은 예외로 소위 특별지구와 같은 느낌으로 존재하고 있다. 각 수도원에서 선거로 뽑힌 수도사들이 이곳에 모여 '교회평의회'를 구성, 반도 전체에 대한 여러 가지 결정을 내린다. 이 제도는 수도원이 처음 창설된 시대부터 변함없이 쭉 이어지고 있다. 원리적인 면에서 보자면 매우 민주적이라 할 수 있다.

우리는 이곳에서 무사히 허가증을 받아 드디어 여기서부터 수도원 순례 여행을 떠나게 되었다. 시간이 예정보다 조금씩 늦어진 탓에 벌써 세 시가 되어 있었다. 그렇게 멀리까지는 가지 못할 것 같다. 오늘 밤 어디에서 묵을지 먼저 확실하게 정해두어야 한다. 왜냐하면 수도원들은 일몰과 동시에 문을 닫아버리고 한번 닫힌 문은 아침까지 절대로 열리지 않기 때문이다. 천 년도 훨씬 넘는 이전부터 그렇게 정해져 있는 것이다. 따라서 아무리 문을 두드려도 절대로 열어주지 않는다. 만약 해가 질 때까지 수도원 문 앞에 도착하지 못한다면, 우리는 그 주변에서 한뎃잠을 자는 신세가 될 것이다. 이곳에는 수도원 외에 잠을 잘 수 있는 곳이라고는 한 군데도 없다.

지금은 아직 여름이므로 노숙을 한다고 해도 상관없을지 모른다. 게다가 많지는 않지만 굶어죽지 않을 정도의 식량도 마련되어 있다. 하지만 문제는 짐승이다. 이 아토스 반도에는 늑대가 나오기 때문이다. 우리는 제일 먼저 그에 대한 주의를 들었다. 밤이 되면 늑대가 나타난다고. 그만큼 자연이 훼손되지 않은 채 잘 보존되어 있다는 얘기겠지만, 어쨌거나 나로서는 늑대가 나

카리에에서 받은 체류허가증.

카리에에서 스타브로니키타까지 걸어가는 수도사.

타나는 곳에서 일부러 한뎃잠을 자고 싶은 생각은 없다. 그렇기 때문에 확실히 지도를 보고 가는 길과 소요 시간을 명확히 해두지 않으면 안 되는 것이다.

일단 스타브로니키타 수도원에 가기로 했다. 스타브로니키타까지는 두 시간 정도가 걸린다. 우선 그곳에 도착한 다음에 이비론 수도원까지 가기로 하자. 첫날이고 이미 시간도 늦었다. 오늘은 우선 정황을 살펴보는 정도로 해두자.

우리는 배낭을 메고 스타브로니키타까지 걷기 시작했다. 오후 세 시 무렵의 햇볕은 강렬했고 땀이 몸을 타고 흘러내렸지만, 그래도 길 자체는 좋은 편이었다. 콧노래를 부르면서 걸어갈 만했으니까. 사실을 말하면 카리에에서 이비론까지는 버스가 다닐 정도였다. 하지만 우리는 걷기로 했다. 걷기 위해서 일부러 여기까지 온 것이다. 걷는다. 기분 좋은 산길이다. 여러 종류의 새들이 숲 속에서 지저귀고, 날아올라 하늘을 가로지른다. 길 중간 중간에는 꼭대기에 십자가가 달린 집 같은 것이 서 있다. "숲은 마음의 안식처이자 신의 미소입니다. 화재로부터 숲을 지킵시다"라고 쓰인 팻말이 서 있다. 정말 맞는 얘기다.

도중에 마르고 키가 큰 그리스인 청년과 동행했다. 그는 태피스트리_{다채로운 선염색사로 그림을 짜넣은 직물} 제작을 돕기 위해 작은 수도공방으로 가는 길이라고 했다. 아토스에는 수도원 외에도 그런 식의 크

스타브로니키타 수도원 안뜰의 고양이.

스타브로니키타 수도원에서 내준 달콤한 루크미.

루크미와 함께 우리가 '아토스 삼종세트'라고 부른 그리스 커피와 우조.

고 작은 공방들이 있었고, 그곳에서 소수의 수도사들이 종교적인 공예품을 만들고 있다. 그는 수도사는 아니지만 정기적으로 그 공방을 찾아가 제작을 돕고 있다고 한다.

드디어 스타브로니키타 수도원에 도착했다. 스타브로니키타 수도원은 아토스 반도에 있는 스무 개의 수도원 중에서 가장 작은 수도원이다. 수도원에 들어가면 왼쪽에 오래된 돌다리가 보인다. 다리를 따라 몇 개의 연못이 늘어서 있다. 튼튼해 보이는 높은 탑도 있다. 스타브로니키타 수도원은 해안 근처에 자리하고 있기 때문에 옛날부터 해적의 습격을 빈번히 받아 이와 같이 방어에 신경을 쓰게 된 듯하다. 확실히 해안 쪽에서 보면 이곳은 수도원이라기보다 요새처럼 보인다.

수도원에 도착하자 우선 담당 수도사가 그리스 커피와 물을 탄 우조, 그리고 루크미라는 달콤한 젤리과자를 내왔다. 어느 수도원에 가더라도 이 루크미라는 과자가 반드시 나오지만 이 과자는 정말 이가 들뜨고 턱이 근질근질해질 정도로 달다. 물론 손으로 직접 만든 것이기 때문에 수도원에 따라 맛이 조금씩 다르긴 하지만 지독하게 달다는 사실만은 공통이다.

우조란 그리스의 소주 같은 것으로 알코올 도수가 굉장히 높다. 냄새는 **코를 찌르듯이** 강렬하고 물을 섞으면 뿌옇게 변한다. 그리고 값이 싸다. 일본인의 기호에는 맞지 않을 듯한 술이다.

나 또한 그다지 즐겨 마시는 편은 아니지만 몸이 피곤할 때 마시면 알코올이 위장 속에 흠뻑 젖어들면서 몸이 편안해진다. 커피에도 설탕이 듬뿍 들어 있어서 지독히 달았다. 우리는 이것을 '아토스 삼종세트'라고 불렀는데, 알코올과 당분으로 여행자들의 피로를 풀어주는 것이 이 삼종세트의 기본 목적인 것 같다. 그래서 이것들은 피곤하면 피곤할수록 맛있게 느껴진다. 커피와 우조는 고맙게 마셨지만 나는 원래 단것을 좋아하지 않는 사람이라 루크미는 도저히 다 먹을 수 없었다. 미안하지만 한 입만 베어 물고 나머지는 남겼다.

나중에 길이 험해지고 몸이 점점 피곤해지자 빨리 다음 수도원에 가서 루크미를 먹어야겠다는 생각까지 하게 되었지만, 그것은 한참 뒤의 일이다.

이비론 수도원

이비론 수도원에 대해서 할 얘기는 그다지 많지 않다.

스타브로니키타에서 이비론까지는 해안을 따라 비교적 편하게 갈 수 있었다. 아무런 문제가 없었기 때문에 우리는 다섯 시 스타브로니키타를 출발한 지 한 시간 만에 이비론에 도착했다. 간단했다. 영어로 말하자면 'A piece of cake(식은 죽 먹기)'라고 말할 정도의 느낌이었다. '뭐야, 아토스라는 곳도 별거 아니잖아' 라고 생각했다. 그러나 나중에 가서 이 불손함에 톡톡히 대가를 치르게 된다. 길을 따라 펼쳐진 바다는 매우 아름다웠고 조용했다. 잠깐 쉬며 수영을 하고 싶었지만 그럴 수는 없었다. 이곳은 신성한 지역이며 신의 정원이기 때문에 벌거벗고 바다에서 헤엄을 치는 행위는 엄중하게 삼가지 않으면 안 된다.

수도원에 도착하면 어떤 수도원이든 우리는 우선 '아르혼다이'라는 오피스로 가게 되어 있다. '아르혼다이'를 일본식으로 말하자면 '순례자 담당, 숙박 담당 부서'라고 해야 할까. 수도원의 수도사는 종교적 의무 외에도 여러 가지 일상적인 노동을 할 당받고 있는데, 순례자를 접대하는 것도 노동의 하나로 담당 수도사가 따로 정해져 있다. 그들이 우리 같은 방문자에게 다과를 내어주고 잠자리 준비를 해주는 것이다. 이것은 무료다. 반도에 들어올 때 한 사람당 2,000엔 정도의 돈을 카리에의 사무실에 내는데, 그 돈으로 경비가 모두 충당된다.

무엇보다 이비론은 큰 수도원이며(반도에 있는 스무 개의 수도원 중에 세 번째로 크다) 카리에에서도 가깝기 때문에 순례자들도 많다. 그러므로 이 아르혼다이에서는 수도원에 고용된 일반인이 수도사를 대신해서 실제적인 업무를 보고 있다. 물론 수도사도 몇 명 정도 일하고 있지만 일의 양이 너무 많아서 그들만으로는 도저히 감당할 수 없는 모양이었다. 이 수도원도 바닷가와 인접해 있어서 역시 요새 같은 모양을 하고 있다. 벽은 높고, 창문은 작고, 이중으로 된 문은 두껍고 무겁다. 영화 〈장미의 이름〉에 나오는 수도원을 연상하면 비슷할 것이다.

아르혼다이에서 예의 루크미와 우조와 달콤함의 극치인 그리스 커피가 나온다. 나는 이번에도 루크미를 반만 먹었다.

아르혼다이의 보조 아저씨가 우리를 방으로 안내해줬다. 판자를 붙여 만든 좁고 소박한 방에 역시 소박한 침대가 여섯 개 놓여 있다. 한 개뿐인 창문으로는 수도원의 밭과 뒷산이 보인다.

길가에 있는 이콘(카리에에서 스타브로니키타까지).

첫날 머문 이비론 수도원의 안뜰에서.

바다 쪽으로 창문이 나 있으면 좋을 텐데 하는 생각이 들었지만 그런 사치는 바랄 수 없다. 이 방에는 우리 외에도 그리스인 아저씨가 혼자서 묵고 있었다. 이 사람은 피곤한 것인지 말이 없는 성격인지 등을 돌린 채 침대에 드러누워 전혀 움직이지 않았다. 벽에는 석유램프가 하나 걸려 있다. 조명기구는 그것 하나뿐이다. 방 한구석에는 비교적 제대로 된 난로가 있다. 물론 이런 계절에는 불은 필요 없다. 난로 안에는 담배꽁초가 하나 들어 있었다. 누군가 여기에서 담배를 피운 모양이다. 방 안에서는 금연이지만 그리스인들 중에는 골초가 많기 때문에 아마 누군가가 도저히 참지 못하고 피운 것으로 추측된다.

담당 아저씨가 "식사 시간은 이미 지났지만 배가 고프다면 특별히 뭔가를 만들어주겠다"라고 말했다. 물론 배가 고팠다. 루크미 외에는 아무것도 먹지 못했던 것이다. 어두운 부엌 같은 곳에서 차가운 콩 수프와 올리브 열매 절임과 딱딱한 빵과 물을 내어온다. 나에게 이 음식이 맛있냐고 묻는다면, 도저히 맛있다고 대답하지 못할 것이다. 콩 수프는 담백해서 맛 자체는 나쁘지 않았지만 너무 차가웠다. 빵은 딱딱해서 씹기 힘들었고 짰다. 하지만 배가 고프니 불만이 있어도 감사하게 받았다. 다른 선택의 여지가 없었던 것이다.

급사 일을 하는 아저씨는 선원 출신으로 일본에도 몇 번인가

이비론 수도원의 2층 홀.

해안가에서 바라본 이비론 수도원.

가본 적이 있다고 한다. 그리스를 여행하다 보면 하루에 한 번은 이런 사람을 만난다. 그리스에는 정말 선원 출신이 많다. 그러나 선박업계의 불황으로 그들은 모두 배에서 내려야 했다. 떠날 수밖에 없었던 것이다. 그 뒤에는 웨이터를 하거나, 버스 차장을 하거나, 배의 목수가 되거나 한다. 혹은 이런 식으로 수도원에서 잡일을 하기도 한다.

해가 질 때까지 약 삼십 분 동안 우리는 수도원 정원을 산책했다. 마쓰무라 씨는 사진을 찍고 나는 느긋하게 걸으며 메모 대신 스케치를 적당히 했다. 이비론이라는 이름은 고대 이베리아(코카서스 남부)에서 유래되었다. 이 수도원의 창설자가 이베리아에서 온 수도사였기 때문이다. 이와 같이 아토스에 있는 수도원의 절반 정도는 정교를 믿는 여러 나라(대부분 동유럽이다)에 의해 기증되거나 설립되었다. 그래서 각 나라의 문화와 양식에 따라 수도원의 특색도 조금씩 다르다.

이비론 수도원 안에는 예배당이 여러 개 있다. 창문은 스테인드글라스로 되어 있는데, 이탈리아와 독일 교회들의 정교하고 화려한 스테인드글라스에 익숙해진 눈에는 한없이 때 묻지 않은 원시적 모습으로 비쳐진다. 세공도 단순하고 모양도 단조롭다. 그리고 중간 중간 깨진 채 보수도 되지 않았다. 보수를 한 곳도 깨진 부분에 그저 단순히 보통 유리를 끼워 넣은 것 정도에 불과하다. 황폐하다고까지는 할 수 없지만 손질을 할 시간이 없는 것 같았다. 아마 그 정도로 여유가 없는 것이리라. 러시아와 동유럽의 정교 국가들이 모두 공산화돼서 수도원에 대한 경제적인 원조도 끊겨버린 것이다. 하지만 이렇게 조용한 수도원 정원을 저녁 무렵에 혼자서 산책하고 있으려니 그 소박한 광경에 어딘지 모르게 마음이 저려온다. 그 단순함과 거칠게 손질한 모습이 주변의 풍경과 어우러져 너무나 자연스럽게 느껴지는 것이다. 서유럽 사원의 여봐란듯한 빈틈없는 장려함에는 솔직히 가끔 질리기도 하는데 여기는 그런 점이 없다.

이 시간은 수도사들에게도 휴식 시간인 듯 정원 한구석에 삼삼오오 모여 작은 목소리로 얘기를 나누고 있다. 그들은 언제나 작은 목소리로 조용히 이야기한다. 그리고 웃을 때는 너무나 조용히 미소를 짓는다.

예배당 외에도 여러 개의 작은 건물이 있는데 담당 수도사가 무슨 준비를 하는 듯이 그 건물을 하나하나 돌고 있었다. 그는 긴 막대기 같은 기구로 예배당의 램프에 불을 붙였다. 정원의 여기저기에는 겨울에 대비해 잘라놓은 통나무들이 높게 쌓여 있었다.

이런 풍경 속으로 땅거미가 조용히 땅 위를 덮어간다.

이비론의 강어귀.

우리는 예상외로 깊은 잠에 빠져버렸다. 일찍 잠자리에 들었으니 좀 더 일찍 일어날 줄 알았는데 눈을 뜬 것은 아침 여섯 시 삼십 분이었다. 어제저녁의 아저씨가 방으로 찾아와 언제까지 자고 있을 거냐며 우리를 깨웠다. 예배는 이미 시작되었고 이런 시간까지 자고 있는 것은 불경스러운 일이었기 때문이다. 아침 식사도 이미 끝나버렸다.

우리는 서둘러 옷을 갈아입고 예배당을 향한다. 올려다보니 하늘은 어두웠고, 불길한 색을 띤 구름이 빠른 속도로 흘러가고 있었다. 어제하고는 전혀 다른 날씨다. 공기 속에 습한 냄새가 느껴진다. 생각해보니 유럽에 온 지 이주일 가까이 지났지만 한 번도 비를 만난 적이 없었다. 비는커녕 흐린 날조차 거의 없었다. 그래서 비가 올 가능성은 전혀 고려하지 않고 있었다. 하지만 지금은 아무래도 비가 올 것만 같다.

예배는 이미 시작된 뒤였다. 화려한 수도복을 입은 사제가 사람들에게 축복을 내려주고 있다. 두 사람의 젊은 수도사가 서로 번갈아가며 비잔틴 성가를 낭랑하고 아름다운 목소리로 부르고 있다. 그리스정교는 성가의 반주를 금지한다. 조각상도 금지되어 있다. 반주가 없기 때문에 찬송은 마치 일본의 불경처럼 들리기도 한다. 어두운 교회 안에는 무수히 많은 촛불이 켜져 있다. 진지한 표정의 순례자들이 순서대로 축복을 받고 있다. 순례자들은 이 예배 시간에만 교회 안에 들어올 수 있는 듯했다. 우리는 이교도이므로 뒤쪽에서 조용히 앉아 있었다. 사실 그들도 예배당 안에 이교도 따위를 입장시키고 싶지 않을 것이다. 그런 그들의 엄격한 종교관—본질적인 관용을 허용치 않는 태도—은 외국인을 적극적으로 받아들이는 일본의 사찰과는 전혀 다르다. 그들은 종교의 정체성을 지키기 위해 역사와 싸워온 사람들인 것이다. 한 청년이 특별한 축복을 받고 있다. 왜 그 청년만 특별한 축복을 받는지 그 이유는 알 수 없다. 아마 어떤 사정이 있을 것이다. 그는 제단 앞에 무릎을 꿇고 있다. 사제가 그 옆에 서서 기도문을 읽는다. 이윽고 사제가 옷을 하나씩 벗기 시작한다. 그리고 벗은 옷을 청년의 몸에 걸쳐놓는다. 그러고 보니 제임스 브라운 쇼에서 이와 비슷한 장면을 본 적이 있다는 생각이 문득 떠올랐다. 제임스 브라운에 비교를 한다는 것이 불경스러울 수도 있겠지만 소울 음악 또한 어차피 가스펠에서 파생되어 발전한 것이니 감각적으로는 비슷한 것이 아닐까? 어쨌든 그런 행위는 다분히 과시적인 것임에 틀림없다. 청년은 언뜻 보기에도 너무나 긴장한 채 축복을 받고 있다. 그의 옆모습을 보고 있자니 그리스인은 어째서 저렇게 진지한 얼굴을 하고 있는 걸까, 라는 의문이 들었다. 나는 대부분의 경우 그 표정의 진지함에 따라 그리스인과 이탈리아인, 그리고 독일인을 구별해낼 수 있다(마이클 듀

카키스가 그 좋은 예라 할 수 있다). 이탈리아인과 독일인이 순진한 얼굴을 하고 있지 않다는 얘기가 아니다. 하지만 그리스인의 진지함은 그들과는 다르다. 그들은 가끔 슬퍼 보이기까지 하는 진지한 표정을 짓는 것이다. 그 표정은 때론 나의 기분을 어둡게 하고 때론 사랑스러움을 느끼게 한다.

예배가 끝나고 사제가 나가자 예배당에 보관되어 있는 보물들이 정중하게 순례자들을 위해 개방된다. 담당 수도사가 열쇠로 캐비닛 문을 열어주자 우리는 일렬로 서서 순서대로 조심스럽게 그것을 들여다보았다. 이비론은 아토스 반도 안에 있긴 하지만 이런 보물들의 수량과 가치에 있어서는 1, 2위를 다툴 만큼 중요한 수도원으로 '박물관 수도원'이라는 별명으로 불릴 정도다. 이렇게 말해도 될지 모르겠지만 비교적 **유연한** 수도원인 것이다. 적어도 타협을 모르는 강경한 수도원은 아니다. 아토스에 있는 스무 개의 수도원은 두 종류로 나눌 수 있는데, 하나는 완전 공동체적인 수도원이고 또 다른 하나는 어느 정도 개인을 인정해주는 유연성을 갖춘 수도원이다. 후자의 경우 기도는 모두 함께하지만 식사와 노동은 개인의 재량에 맡긴다. 이비론 수도원은 후자에 속한다.

이비론 수도원의 보물은 대부분이 종교적인 세공품이다. 모두가 유서 깊은 물건인 듯하지만 나는 이런 종류의 물건에는 전혀 관심이 없기 때문에 그다지 고맙게 여겨지지 않는다. 그중에는 기묘한 모양을 한 금세공이 된 약상자 같은 것도 있다. 자세히 들여다보자 그 안에는 사람의 뼈 같은 것이 들어 있다. 아마 예전의 고승의 뼈 가운데 일부이거나 그 비슷한 것 같았다. 한 그리스인은 그 앞에서 너무나 감사하다는 듯이 성호를 긋고 있었다.

우리가 보물들을 대충 다 보고 나자 담당 수도사가 '그럼 여러분, 문을 닫겠습니다. 에헴' 하고 말하는 듯한 표정으로 조심스럽게 캐비닛 문을 닫고 열쇠로 잠갔다. 그리고 예배당 안의 촛불을 하나씩 불어서 꺼나간다. 이것으로 엄격한 아침 예배가 끝난 것이다.

아침 예배는 어찌됐든 우리는 아침식사를 거르고 말았다. 점점 배가 고파왔다. 혹시나 해서 주방으로 가 그리스인 아저씨에게 사정을 했더니 이것밖에 없으니 우선 먹으라며 커다란 빵덩어리를 주었다. 우리는 그것을 방으로 가져와 먹었지만 어제보다 더 딱딱해져 있어서 도저히 씹을 수가 없었다. 이런 이런! 앞으로도 매일 이런 빵을 먹어야 하나 하는 생각이 들어 기분이 우울해졌지만 결과적으로 말하면 이 빵은 아토스 반도에서 제일 맛없는 빵으로 다른 수도원에서는 훨씬 더 맛있는 빵을 먹을 수 있었다. 공짜로 식사를 얻어먹는 주제에 이런 글을 써도 되나 싶지만, 만약 《아토스 산의 미슐랭Michelin》 같은 가이드북^{자동차 여행자}

54

를 위한 맛있는 음식점을 소개하는 가이드북. 최고의 평가는 **별 세 개**을 만든다면 이비론 수도원의 식사는 미안한 얘기지만 **별이 한 개도** 안 붙을 것이다.

일곱 시 사십 분에 우리는 배낭을 메고 이 별이 없는 수도원을 뒤로한 채 떠난다.

이비론 수도원을 출발해서 필로세우로 향하다.

필로세우 수도원

일곱 시 사십 분 이비론 수도원을 나서자 예상대로 빗방울이 뚝뚝 떨어지기 시작한다. 큰비는 아니지만 그렇다고 잠시 비를 피하는 사이에 그칠 것 같은 하늘 모양도 아니었다. 하늘은 두터운 먹구름으로 뒤덮여 있다. 어쨌거나 레인코트를 입고 길을 떠나기로 한다. 특별한 허가가 없는 한 같은 수도원에서 이틀 밤을 머물 수 없는 것이 아토스의 규칙이다. 앞으로 나갈 수밖에 없다.

우리의 다음 목적지는 필로세우 수도원이다. 필로세우를 경유해서 카라칼르 수도원까지 간 뒤 만약 여유가 있다면 좀 더 앞에 있는 그란데 라브라까지 힘을 내서 가보자는 것이 우리의 원래 계획이었다. 3박 4일이라는 시간밖에 없기 때문에 조금이라도 거리를 벌어두고 싶었지만 이런 날씨에 그것까지 바라는 것은 무리일지 모른다. 먼저 필로세우까지 간 후, 다시 계획을 세워보기로 했다. 필로세우까지는 산을 오르는 길을 따라가야 하지만 대단한 거리는 아니다. 이 정도의 비라면 큰 어려움 없이 도착할

해안선에 서 있는 건물(이비론에서 필로세우까지), 나중에 큰비가 내렸다.

수 있을 것이라고 우리는 계산했다.

그러나 그때 우리는 미처 몰랐다. 아토스 반도 남동부에서는 함부로 날씨를 예측할 수 없다는 것을.

어째서 이 지역의 날씨가 이렇게 변덕스러운지 나는 잘 모르겠다. 어쩌면 해발 2,000미터가 넘는 아토스 산이라는 존재가 날씨를 뒤흔들고 있는 것인지도 모른다. 어쨌든 여기에서는 아무리 날씨가 맑다고 해도 눈 깜짝할 사이에 산에 구름이 끼고 어느새 큰비가 내린다. 그것도 반도 북부보다는 남부, 서부보다는 동부 쪽이 날씨 변화가 심하다. 이것을 모르면 큰 낭패를 당하게 된다. 날씨만 놓고 본다면 이 지역은 너무나 그리스답지 않은 곳이다.

그러나 우리는 그런 사실을 전혀 모르고 있었다. 어느 가이드북에도 아토스의 날씨까지 설명하고 있지는 않았다. 그래서 우리는 부주의하게 우산조차 준비해오지 않았던 것이다. 간단히 레인코트를 갖고 왔을 뿐이다. 나 역시 우산은 깜빡 잊고 바람막이용 재킷밖에 가져오지 않았다. 부주의라는 것은 바로 이런 것을 두고 말하는 것이다. 그러나 9월 초순의 그리스에 우산을 가져간다는 따위의 생각을 그 누가 할 수 있을까? 아토스 이외의 지역에서는 정말로 비 같은 건 한 방울도 내리지 않는데 말이다.

아무튼 필로세우를 향해 한 시간 정도 걸어가자 비가 좍좍 내리기 시작했다. 바지, 신발, 양말 할 것 없이 모든 것들을 흠뻑 적셔버리는 지독한 비였다. 산도 바다도 커튼을 친 것처럼 완전히 비로 가려졌다. 아무것도 보이지 않는다. 보이는 것은 비와 물방울뿐이다. 몸이 점점 차가워져 왔다. 이럴 줄 알았으면 좀 더 본격적인 등산 차림을 하고 올걸 그랬군, 큰일이다, 라고 생각하면서 터벅터벅 산길을 걷다 보니 길가에 작은 오두막 같은 것이 보였다. 사람이 있는지 어떤지 알 수 없었다. 어쩌면 홀로 수행하는 수도사의 오두막이거나 무슨 작업을 하는 오두막일지도 모른다. 아니면 아무도 살지 않는 폐가廢家일지도 모른다. 잘하면 비 정도는 피할 수 있을 것이다.

내가 문을 두드리자 수염을 기른 장발의 젊은 남자가 나왔다. 이십대 중반쯤 되어 보일까. 수도사는 아니다. 평상복을 입고 있다. 내가 잠시 안에 들어가도 되겠느냐고 묻자 상관없으니 들어오라고 한다. 안에는 또 한 명의 젊은이가 있었다. 이 남자는 머리가 짧았고 수염도 기르지 않았다. 안쪽에 넓은 방이 있었는데, 그 남자는 방에 누워 담배를 피우며 트랜지스터 라디오에서 흘러나오는 부주키 연주곡을 듣고 있었다. 애잔한 그리스식 엔카엔

본인의 고유한 정서를 담아 부르는 대중가요 장르의 하나이다. 이다. 그 음악과 빗소리가 섞이니 더욱 구슬프다.

방에는 전부 여덟 개의 간이침대가 있다. 모두 최근에 사용했

던 흔적이 남아 있었다. 담요는 구겨져 있었고 재떨이는 꽁초로 가득했다. 어떤 침대 위에는 트럼프 카드가 흐트러져 있었다. 돌려가며 읽은 듯한 낡은 그리스어 문고판 책 한 권이 베개 옆에 놓여 있었다.

"자, 편하게 쉬세요"라고 수염 청년이 말한다. 그는 우리가 구두를 벗고 양말을 말리는 사이에 커피를 끓여다 준다. 작은 냄비에 보글보글 끓여 만드는 그리스 커피다. 설탕을 가득 넣기 때문에 무척이나 달다. 난 이런 커피를 지독히 싫어하지만 그리스 사람들은 절대로 "설탕은 얼마나 넣을까요?" 따위의 질문을 하지 않기 때문에 참고 마실 수밖에 없다. 몸이 차가워진 탓인지 따뜻한 커피가 고마울 따름이다.

"일본인인가?"라고 수염을 기른 청년이 묻는다. 그렇다고 대답하자 "나는 일본에 가본 적이 있다"고 말한다. 그 역시 과거에 선원이었던 것이다. "가와사키, 하코다테, 나가사키"라고 말한다. 흡사 〈항구 블루스〉1964년 4월 발매돼서 밀리언셀러를 기록한 모리 신이치의 대표곡. 가사 중에 하코다테, 나가사키 등의 항구 도시 이름이 나옴의 노래 가사 같다. 지금은 여기에 돈을 벌러 온 것이라고 한다. 그의 집은 아토스 인근인 시소니아 반도에 있다. 현재 직업은 목수이다. 여기에서 이주일간 수도원 보수 작업을 한 뒤 시소니아로 돌아간다고 한다. 모두 여덟 명이 이곳에서 지내고 있다. 모두 목수다. 나머지 사람들은 지금 일을 하

비를 피하기 위해 잠깐 들른 오두막의 개수대.

오두막에는 수도원 공사를 하고 있는 목수 여덟 명이 살고 있었다.

러 나갔고 자기네들은 비가 와서 집에 있다고 했다. '이런 곳에 있고 싶어서 있는 게 아니다'라는 느낌이 말투에 스며 있다. 그도 그럴 것이다. 속세의 젊은 남자가 이렇게 여자도 없고, 술집도 없고, 목욕조차 할 수 없는 산속에서 이주일이나 틀어박혀 지내야 한다면 따분하기도 할 것이다. "술도 못 마시겠군요"라고 말하자 아니 꼭 그런 건 아니다, 라면서 미소를 띤 채 옆방으로 안내해주었다. 놀랍게도 방바닥 한가득 술병이 놓여 있었다. 스카치위스키 몇 상자가 쌓여 있다. 맥주 박스는 셀 수도 없을 정도다. 그리고 와인, 우조, 진, 보드카…… 마치 술집 창고 같았다. 또한 매우 열심히 마시고 있는지 대부분은 빈병이었다. 이렇게 마셔대면서 용케도 알코올 중독에 걸리지 않았구나, 하고 감탄할 정도다.

"우조, 마시겠소?"라고 물어보기에 우리는 고맙게 우조를 한 잔 받기로 한다. 이 우조 병 또한 너무나 크다. 우조는 따뜻하게 위 속으로 퍼져간다. '그래, 이거야!'라는 느낌이 든다. 이러다가 이제 우조 없이는 살 수 없는 체질로 변해가는 것이 아닐까 하는 생각이 든다. 하여튼 토속주라는 것은 그 지역에 익숙해지면 익숙해질수록 맛이 좋아지는 법이다. 키안티 지역을 여행했을 때는 와인만 마셨다. 미국 남부에서는 매일 버본 소다를 마셨다. 독일에서는 시종일관 맥주에 절어 있었다. 그리고 여기 아토

마치 술집 창고처럼 곳곳에 술 박스가 놓여 있다.

스에서는…… 그렇다, '우조'인 것이다.

이 목수들의 숙소에서 한 시간 정도 비를 피하기로 했다. "조금 있으면 필로세우까지 가는 트럭이 여기를 들르니까 그때 짐칸에 태워달라고 하면 된다"라고 말하는 수염을 기른 청년의 호의를 받아들이기로 했다. 그래서 우리는 빗소리를 들으며 아무런 할 일도 없이 허망하게 시간을 보냈다.

이윽고 밖에 도요타 픽업트럭이 멈춘다. 두 명의 사내가 운전석에, 또 한 명이 짐칸에 타고 있었다. 수염을 기른 청년이 운전사에게 우리를 필로세우까지 태워주라고 말한다. "좋아, 타"라고 운전사가 손짓을 한다. 비는 조금 약해졌지만 공기는 상당히 싸늘하다. 하늘은 아직 새까맣다. 우리가 짐칸에 올라타자 도요타는 바로 출발했다. 이것도 솔직히 말해 상당히 험한 여정이었다. 길은 온통 질퍽거렸고 게다가 꼬불꼬불한 오르막길이다. 커브를 틀 때마다 엉덩이가 미끄러졌다. 그럴 때마다 우리는 짐칸에서 떨어질 뻔했다. 보통의 경우라면 4륜구동차만이 올라갈 수 있는 상황이지만 운전사는 그런 사실 따위는 안중에도 없는 것 같았다. 우리와 함께 짐칸에 탄 사람은 시리아 사람으로 순례 중이라고 했다. 자주 오냐고 묻자 자주 온다고 말한다. 당연한 일이라는 듯한 표정을 하고 있다. 신앙심이 깊은 것이다.

이럭저럭 필로세우 수도원에 도착했을 때 우리는 완전히 기진

오두막의 창가.

오두막에 있던 젊은 청년.

맥진했다. 몸은 차가웠고 자동차에서 시달린 탓에 머리는 뱅뱅 돌았다. 시간은 이미 열두 시를 넘어섰다. 점점 일정이 늦어지고 있다.

필로세우는 이비론에 비하면 훨씬 규모가 작다. 보기에는 고즈넉하고 안온한, 뭐라고 할까 가정적이라는 느낌이 든다. 수도원 주변을 높은 벽이 감싸고 있었고 입구에는 러시아풍의 아름다운 장식 문탑門塔door-tower, 중세도시나 성곽의 문 옆에 방어나 전망을 목적으로 세운 탑이 붙어 있다. 전체적으로 건물의 색깔은 밝았으며 아침부터 내린 비에 젖어 물기를 머금은 색조로 바뀌어 있었다. 비는 이제 완전히 멈추었고 문밖에는 아저씨 몇 명이 앉아서 느긋하게 세상 돌아가는 얘기를 하고 있었다. 벽의 바깥에는 포도밭과 과수원, 야채를 기르는 넓은 밭이 있다.

이곳의 아르혼다이로 가자 젊고 조용한 수도사가 나와 우리에게 루크미와 차와 우조를 내주었다. 이즈음부터 나는 루크미를 전부 먹을 수 있게 되었다. 조금 달기는 했지만 그런대로 참고 먹을 만해서 끝까지 다 먹어 치웠다. 차나 우조는 너무나 맛있다. 그리고 수도사가 우리를 방으로 안내해준다. 작은 3인용 방이었다. 우리는 이곳에서 축축해진 여행용 신발을 벗고 양말과 바지를 새로운 것으로 바꿔 입은 뒤 점심식사 대신 크래커와 치즈를 먹었다. 우리는 거의 아무 말도 하지 않고 묵묵히 먹기만

했다. 그리고 침대에 눕자 당연하다는 듯이 깊은 잠에 빠져들었다. 너무나 편안한 잠이었다. 비를 맞았을 뿐인데 인간은 이렇게 약해지는구나, 하는 생각이 문득 떠올랐다. 좀 더 심한 비를 사흘 정도 맞는다면 종교에 귀의해버릴지도 모른다. 수도원의 침대는 우리에게 그만큼 고마운 존재였다.

　필로세우 수도원에 대해 뚜렷하게 기억하고 있는 것은 아르혼다이를 담당하는 수도사가 친절한 사람이었다는 것과 건물의 색깔이 아름다웠다는 것, 그리고 너무나 편안하게 낮잠을 잘 수 있었다는 사실이다. 따라서 나는 이 수도원에 대해서 너무나 좋은 인상을 갖게 되었지만 그 외의 것에 대해서는 미안하게도 별로 기억하고 있는 게 없다. 기억의 테두리에서 벗어난 지금 이렇게 뭔가를 쓰려고 해도 아무것도 떠올릴 수 없다. 비 때문에 에너지를 소모한 탓일지도 모른다. 너무 푹 잠이 들어서 그 전후의 기억이 희미해진 것일지도 모른다. 그러나 결국 하루에 두세 군데의 수도원을 돌아다니다 보면 모두 비슷비슷하게 보이는 법이다. 미안한 일이긴 하지만.

　세 시가 넘어 날씨가 개자 하늘도 맑아져서 우리는 순례를 담당하는 친절한 수도사에게 감사의 뜻을 전하고 다음 목적지인 카라칼르 수도원으로 향하기로 했다. 우리는 이제 조금씩 반도의 끝을 향해 남하하고 있는 것이다. 보다 황량한 지역을 향해.

노상의 이정표. 위에서부터 필로세우, 이비론, 카라칼르.

카라칼르 수도원

다음 목적지인 카라칼르 수도원까지는 한 시간 정도 걸리는 편한 길이다. 우리는 산을 내려와 다시 해변으로 내려갔다. 카라칼르의 문 앞에 도착한 것은 오후 다섯 시가 넘어서였다. 오늘은 여기서 머무는 수밖에 없다.

카라칼르에서는 커피와 바닐라 물이 나온다. 바닐라 물이란 물을 담은 컵에 바닐라 덩어리를 풍덩 집어넣은 것이다. 바닐라가 물에 녹아 달콤해진다. 우선 물을 마시고 난 뒤 스푼으로 바닐라를 떠먹는다. 정말이지 엄청나게 달아 나로서는 도저히 손이 가지 않는다. 냄새를 맡고 날아온 벌이 컵의 가장자리에 달라붙어 물을 핥고 있다. 그 정도로 달다.

우리에게 바닐라 물과 커피를 가져다준 것은 매튜라는 이름의 젊은 수도사였다. 대학의 시간강사들이 쓰고 다니는 것 같은 안경을 쓰고 검은 수염을 기른 너무나 진지해 보이는 학구적 풍모의 사내이다. 나중에 나이를 물어보자 스물여덟이라고 했다. 상

카라칼르 수도원의 예배당.

카라칼르 수도원 안뜰에서 스케치를 하고 있는 하루키. 이곳에는 고양이가 많다.

당히 정확한 영어를 구사한다. 우리가 '불교도'라고 말하자 불교의 교리에 대해 상세히 알고 싶어 했다. 하지만 아쉽게도 우리에게는 불교에 대한 그 정도의 전문 지식이 없다. 불교도라고 대답하기보다는 '하이테크교도'라든가 '고도자본주의교도'라는 식으로 대답하는 게 좋지 않았을까 하는 생각이 들 정도였다. 그런 것들이라면 불교보다는 조금 더 상세하게 설명할 수 있을 텐데. 소니의 워크맨이 어떻게 탄생했고 어떤 식으로 발전했는가 등등 말이다.

"저녁식사까지 한 시간 정도 남았으니 그때까지 쉬세요"라고 매튜가 말한다. 그동안 나는 정원으로 나가 예배당 창문의 스테인드글라스 무늬를 스케치한다. 이곳의 스테인드글라스도 화려함과는 거리가 멀었다. 보존 상태도 그다지 좋다고 할 수 없었다.

정원에는 처량한 고양이 일가가 살고 있다. 어미 고양이와 다섯 마리의 새끼 고양이들이었는데 모두 지독하게 말라 있었다. 거의 100퍼센트 채식주의를 하는 수도원에 보금자리를 튼 고양이이므로(이 카라칼르 수도원은 보다 엄격하게 금욕을 요구하는 곳이라 육식을 금하고 있다. 가끔 축제 같은 특별한 행사가 있으면 생선이 나올 때가 있는 듯하지만) 살이 찔 리가 없다. 그런데도 이 고양이 가족은 뭐가 좋다고 이런 식량 사정이 나쁜 곳을 일부러 보금자리로 정했을까. 머리가 갸웃해진다. 무엇보다 수도원에 들어왔다는 것

자체부터 제정신이라고 할 수 없는 일이긴 하지만.

수도원 정원에는 기묘한 모양을 한, 용도가 불분명한 도구가 여러 개 놓여 있다. 예를 들어 양쪽 끝이 둥근 목어 같은 게 철사 줄에 매달려 있다. 그 아래에는 나무망치가 걸려 있다. 그리고 어떤 건물 앞에는 말굽 모양으로 구부러진 커다란 철판이 매달려 있고 거기에도 금속 해머가 걸려 있다. 이 해머는 누군가가 서둘러 만들었는지 모양이 엉망이다. 그 외에도 2미터 정도 되는 길이의 프로펠러 같기도 하고 솔도파率堵婆죽은 사람의 기일에 공양을 올리기 위해 무덤 뒤에 세우는 좁고 긴 판 같기도 한 긴 판자가 정원 여기저기에 놓여 있다. 이것도 목어와 마찬가지로 양끝이 둥글게 되어 있는데 가운데 부분이 손으로 잡을 수 있도록 가늘게 깎여 있었다. 오랫동안 사용했는지 가운데 부분은 이끼 색으로 변색되어 있다. 이런 물건들은 어제 머물렀던 이비론 수도원에서는 전혀 볼 수 없던 것들이다.

매튜가 그 도구들에 대해 설명해준다. 이 물건들은 수도원의 수도사들에게 기도 시간을 알려주기 위한 것이라는 등. 담당 수도사가 우선 말굽 모양의 금속을 두드리고, 그 다음에 목어를 두드리고, 다음에 이 사만드론이라는 프로펠러 모양의 판을 들고 두드리면서 수도원의 정원을 뛰어다닌다고 한다. "밤 열두 시가 되면 소리가 들릴 겁니다"라고 그는 말한다.

"열두 시에 기도를 시작하나요?"

"네. 밤 열두 시는 당신들 시간으로 말하자면 새벽 네 시에 해당됩니다"라고 매튜는 말한다.

"그러므로 그것은 밤 기도가 아니라 아침 기도입니다."

무슨 말인지 잘 모르겠다. 매튜가 조금 더 자세하게 설명해 준다.

"즉 우리는 당신들과는 다른 시간대 안에서 생활하고 있습니다. 이것은 오래전부터 내려오는 시간성時間性으로 비잔틴 타임이라고 불립니다. 이 비잔틴 타임으로 보자면 하루는 밤 열두 시가 아니라 일몰 시각에 시작됩니다. 그러므로 당신들의 한밤중은 우리의 오전 네 시가 되는 것이지요."

그렇군. 아토스의 수도원에서는 모두 이 비잔틴 타임을 쓰고 있는데 유일하게 어제 머문 이비론 수도원만이—그 이유는 물어보지 않았으나—비잔틴 타임을 쓰지 않는 것이다. 그래서 어제는 한밤중에 목어나 종소리를 들을 수 없었던 것이다.

"열두 시에 일어나면 우리는 우선 자기 방에서 개인 기도를 올립니다. 그리고 오전 한 시에 모두 모여 기도를 합니다. 이 기도는 대략 서너 시간 계속됩니다. 특별한 날에는 열 시간 정도 기도를 올릴 때도 있습니다."

그리고 기도가 끝나면 그들은 각각의 장소로 흩어져서 노동을

외부의 적을 방어하기 위해 만든 카라칼르 수도원의 퇴창(밖에서는 열 수 없는 창).

하고, 개인적으로 공부를 하고, 또 기도를 한다.

그것은 뭔가 모르게 내가 일하는 시간과 비슷하다는 생각이 든다. 대부분의 경우 나도 아침에 서너 시간 일을 한다. 그리고 집안일을 하거나 운동을 한다. 특별한 날에는 열 시간 정도 일을 하기도 하지만 보통은 그렇게 일을 몰아서 하지는 않는다. 대상이 무엇이든 간에 이때가 집중력이 지속되는 시간이라는 것은 대부분 비슷한 모양이다.

여섯 시 삼십 분이 되자 우리는 저녁식사에 불려갔다. 우리는 이교도이므로 다른 사람들과 함께 식사를 할 수 없다. 모두 식사가 끝난 뒤 우리를 불러서 밥을 준다. 이교도는 입지가 좁은 것이다. 휑하니 넓은 식당에서 우리 세 명만 식사를 한다. 정식 저녁식사는 기도와 함께 이루어지기 때문에 이교도는 함께할 수 없다고 한다. 그렇게 의례적인 의식을 갖춘 식사를 하지 않아도 된다는 것은 차라리 마음 편한 일이 아닐까 싶다. 식사 정도는 느긋하게 하고 싶다. 저녁 메뉴는 죽처럼 생긴 쌀 수프와 토마토 세 개, 올리브 절임 그리고 부드럽고 향긋한 빵이다. 더 먹을 수는 없다. 쌀 수프에는 콩도 들어 있다. 이것은 어제의 이비론의 식탁에 비하면 비교할 수 없을 정도로 맛있다. 재료는 모두 이 수도원에서 수확한 것으로 입 안에 넣고 씹는 순간 신선한 맛이 확 퍼져 나간다. 그야말로 최고의 자연식이다. 매우 단순하고 담백한 맛이다. 흔히 볼 수 있는 그리스 요리와는 전혀 다르다.

내일 아침 일찍 출발하기 때문에 아침식사를 하지 못할 것 같다고 매튜에게 말하자 그가 부엌에서 빵과 치즈와 올리브를 잔뜩 가져왔다. 그리고 비닐봉지에 넣으며 "그렇다면 이걸 가져가세요"라고 말한다. 너무나 친절한 사람이었다. 우리는 감사의 말을 하고 고맙게 받았다. 빵도 치즈도 올리브도 직접 그들의 손으로 만들고 키운 것이다.

식사를 마치자 매튜가 수도원의 밭으로 안내해주었다. 밭에는 토마토와 가지, 양배추 그리고 파가 심어져 한눈에 보기에도 너무나 비옥한 땅이었다. 비가 자주 오기 때문에 채소를 재배하기에 좋을 것이다. 저녁노을이 붉게 물들자 거기에 호응이라도 하듯 천둥소리가 들리기 시작했다. 멀리서 울리는 천둥이었지만 소리는 그치지 않고 계속된다. 다시 구름이 모여들기 시작한다. 내일 날씨가 걱정이군, 생각하는 사이에 빗방울이 툭툭 떨어지기 시작했다. 이런, 이런.

우리는 방으로 돌아와 빗소리를 들으며 다프니의 잡화점에서 산 레드 와인을 마셨다. 싸구려 와인이었지만 몸이 알코올에 굶주려 있는 탓인지 너무나 맛있게 느껴졌다. 침대가 세 개뿐인 좁은 방이어서인지 조명이라고는 작은 석유램프 하나뿐이다. 전기는 없다. 화장실은 수동식 수세 방식이다. 즉 옆에 있는 호스로

카라칼르 수도원, 하루키가 '창이 없는 것' 을 발견했다.

씻어내든가 아니면 바가지로 물을 떠서 내려 보내야 한다. 간단하다. 화장지를 함께 버릴 수 없기 때문에 옆에 놓인 상자에 넣어야 하는데, 이런 시스템은 아토스뿐만 아니라 그리스 어디를 가도 똑같았기 때문에 익숙해지면 그다지 불편하지 않다. 석유 램프의 불빛 아래서 특유의 까칠한 맛이 조금 나는 그리스 와인을 마시는 것은 상당히 기분 좋은 일이다. 가끔 천둥소리가 들려온다. 그러고 보니 이 부근에는 번개가 자주 떨어져서 수도원에 불이 나기도 한다고 매튜가 말한 것이 생각난다. 우리가 머물고 있는 방의 바로 옆 동에도 몇 달 전에 번개를 맞아 불이 났다는데 아직도 검게 그을린 채로 방치되어 있다. 비뿐만 아니라 번개도 잦은 모양이다. 이런 곳에서 번개를 맞아 새까맣게 타 죽기는 싫다는 생각을 하고 있는데, 여덟 시경에 누군가가 조용히 문을 두드렸다. 문을 열어보니 매튜였다.

"이것도 가져가세요"라며 그는 포도와 양파와 피망을 넣은 봉투를 내밀었다. 정말로 친절한 사람이다. 무척 고맙다. 아홉 시 우리는 램프를 끄고 잠들었다.

한밤중, 종소리에 눈을 떴다. 기묘한 울림을 가진 종이다. 기묘한 리듬과 기묘한 음정. 시계를 보자 새벽 두 시 이십 분이었다. 한참 동안 그렇게 가만히 있자니 이번에는 목어 소리 같은 것이 울렸다. 이것도 종소리와 마찬가지로 기묘한 리듬과 기묘한 음정으로 울린다. 매튜가 말한 그대로이다. 이어서 사만드론이라는 프로펠러 모양의 목어가 콩콩콩콩 울린다. 저 멀리서부터 점점 가까이 다가와 다시 어딘가로 사라진다. 소리의 움직임으로 봐서 사만드론을 치는 사람은 상당한 속도로 달리는 것 같다. 그러나 그 소리는 강력했고 리듬 또한 흔들림이 없었다. 그것이 어떤 음이었는가를 설명하기는 매우 힘든 일이다. 그것은 우리가 통상적으로 들을 수 있는 그 어떤 소리와도 다르기 때문이다. 짧고 흐리지 않은 명쾌한 소리다. 소리는 날카롭고 엄숙하게 밤을 가른다. 그것은 한순간에 밤의 어둠을 뚫고 우리들의 귀에 다다른다. 나는 신앙심이라는 것을 그다지 갖고 있지 않지만 그 소리에 담겨 있는 일종의 정신적인 메시지 같은 것을 느낄 수 있었다. 이 소리의 울림만은 테이프에 녹음을 해서 들려준다고 해도 아마 전달되지 못할 것이다. 그것은 모든 상황을 머금은 소리이기 때문이다. 상황을 울리게 하는 소리이기 때문이다. 아토스의 밤의 깊은 어둠, 침묵, 우리와는 다른 시간성, 하늘 가득한 별.

수도원의 모든 수도사들이 이 건물로 모여들고 있는 듯했다. 계단을 오르고 복도를 걷는 삐걱거리는 발소리가 계속 들려온다. 우리가 머물고 있는 건물의 나무판자로 된 복도는 심하게 낡아서(붕괴 직전이라고 해도 좋을 정도다) 걸을 때마다 숙명적인 소리를 내며 삐걱거린다. 그리고 판자와 판자 사이에 틈이 벌어져 있어 거기로부터 촛불이 만들어내는 노란색 불빛이 줄기가 되어 쏟아진다. 그 외에는 아무것도 보이지 않는다. 깜깜하다. 불규칙적인 빛줄기만이 천장에서 떨어지고 있다. 우리가 머물고 있는 방은 2층인데 아무래도 그 위층에서 심야 예배가 있는 듯했다.

나는 일어나서 작은 손전등을 들고 방 밖으로 나가본다. 깜깜한 복도 안쪽에서 수도사들의 손에 들린 촛불들이 깜빡거리며 흔들리는 것이 보인다. 그들은 삼삼오오 계단을 올라와 위층으로 사라진다. 그들의 뒤를 따라 발걸음 소리를 죽인 채 계단을 따라 올라가 보니 작은 예배소가 보였다. 낭랑한 목소리의 찬송가가 들려온다. 촛불이 빨갛게 타오르는 가운데 수도사들이 입고 있는 밤의 어둠 속에서 빠져나온 듯한 검은 옷이 보인다. 솔직히 말해서 장엄하다기보다는 왠지 으스스한 풍경이었다.

나는 종교 전반에 관해 그다지 많은 지식을 갖고 있는 사람은 아니다. 그러나 개인적인 감상을 말하자면, 그리스정교라는 종교는 가끔 이론을 초월한 동방적인 기운을 느끼게 하는 구석이 있다. 특히 계단 구석에 숨어 한밤중의 예배를 훔쳐볼 때는. 그곳에는 확실히 우리의 이성으로는 판단할 수 없는 힘이 존재하고 있는 것처럼 느껴졌다. 유럽과 소아시아가 역사의 근원에서

카라칼르 수도원의 아침.

절충하는 듯한 근원적인 다이너미즘dynamism^{자연계의 근원은 힘이며, 힘이 모든}
것의 원리라고 주장하는 설. 그것은 형이상학적인 세계관이라고 하기보다는
한층 신비적이고 토속적인 육체성을 갖추고 있는 것처럼 느껴진
다. 좀 더 자세히 말하면 그리스도라는 수수께끼에 가득 찬 인간
의 소아시아적인 분위기를 가장 직접적으로 이어받은 것이 그리
스정교가 아닐까 하는 생각마저 든다.

나는 계단에서 한동안 그들의 기도에 귀를 기울이고 있었지만
왠지 방해를 하고 있는 것 같아서 정원으로 나왔다. 비는 그치고
밤하늘은 상쾌하게 개어 있었다. 구름 한 점 없는 밤하늘은, 마
치 플라네타륨처럼 빼곡이 들어찬 하얀 별들로 뒤덮여 있었다.

삼십 분 정도 그곳에서 하늘을 멍하니 바라보다가 방으로 돌
아와 침대로 들어갔다. 아마 오늘도 날씨가 맑겠구나 하는 생각
이 들자 안심이 되었다. 멀리서 들려오는 수도사들의 기도 소리
가 나의 귀를 부드럽게 간질여주었고 나는 곧 잠이 들었다.

카라칼르 수도원 정원에서 스케치를 하고 있는 하루키 옆으로 살금살금 고양이가 다가왔다.

라브라 수도원

아토스에 온 지 사흘째. 친절한 카라칼르 수도원을 아침 일찍 나와 그란데 라브라 수도원으로 향한다. 이 부근부터 길이 점점 험해진다. 아토스 산의 산기슭을 휘감아 도는 듯한 모양이기 때문이다. 이제까지의 길은 가볍게 다리를 풀어주는 듯한 준비 운동과 같은 길이었다. 그러나 고맙게도 오늘은 날씨가 매우 맑다. 하이킹하기에 좋은 날씨다.

"도저히 이해가 안 되는 점이 하나 있는데요."

사진작가 마쓰무라 씨가 말한다. 이 사람은 평소에는 그저 웃기만 할 뿐 말수가 적은 편인데 한번 입을 열면 의외로 근원적인 의문을 제시하는 경우가 많다.

"저기, 수도사들 말이에요. 저렇게 형편없는 식사를 하는데도 왜 살이 찔까요? 고양이들도 비쩍 말랐던데……."

그러고 보니 배가 나온 수도사를 꽤 많이 본 것 같다. 혈색도 나쁘지 않았다. 매일 저렇게 적은 양의 거친 식사를 하고 하루의

카라칼르 수도원의 외관. 수도원은 어느 곳이나 외적의 침입을 막기 위해서인지 요새처럼 만들어져 있다.

노동량도 만만치 않을 텐데 어떻게 살이 찔 수 있는 걸까? 식사 조절과 운동은 다이어트의 기본이다. 저런 생활을 오랫동안 지속해도 여전히 살이 찐다면 다이어트 같은 것은 이 세상에서 흔적 없이 사라졌을 것이다. 잘 모르겠다. 신의 정원, 아토스 반도의 커다란 수수께끼 가운데 하나다. 혹은 나이를 먹으면 살이 찌는 것이 이 지역 사람들의 인종적인 특징일지도 모른다. 어떤 생활을 하든 그들은 그저 체질적으로 살이 찔 수밖에 없기 때문에 그런 것일지도 모른다. 혹은 어딘가에 숨어서 남몰래 영양 보충을 하고 있는지도 모른다.

이러쿵저러쿵 그런 얘기를 나누면서 산길을 걷다가 진흙탕 위에 찍힌 커다란 발자국을 발견했다. 개의 발자국과 비슷하지만 개의 것이라고 하기에는 조금 크다. 체중도 상당히 무거운지 발자국이 지면 속으로 깊이 패어 있다. 그렇게 선명한 발자국 여러 개가 겹치듯이 이어지고 있다. 아무래도 비가 그친 뒤에 **무언가**가 무리를 지어 산길을 이동한 모양이다. 그것도 우리가 가고 있는 방향과 같은 방향으로 향해 있다. 어쩌면 늑대일지도 모른다. 아니면 들개 무리인지도 모른다. 우리는 또 한동안 그것에 대한 얘기를 나누었다. 그러나—잘은 모르지만—늑대와 들개 사이에는 얼마나 차이가 있는 걸까? 어쩌면 AC/DC(직류와 교류)와 모터 헤드 정도의 차이도 없지 않을까? 아무튼 그러한 것들과는

카라칼르에서 그란데 라브라까지의 오솔길.

그다지 맞닥뜨리고 싶지 않다. 무슨 수를 써서라도 해가 지기 전에 수도원 문 안으로 들어가야 한다.

그런데 라브라까지는 한참을 더 가야 한다. 산길을 오르내리면서 해안을 따라 나아간다. 해안을 따라 간다고는 해도 해안선은 거의 절벽과 같아서 오르내리기가 상당히 힘들다. 열 시 삼십분 즈음 녹초가 된 우리는 잠시 휴식을 취할 겸 물을 마시고 크래커를 먹은 뒤 다시 산을 오른다. 하지만 아무리 올라도 고개를 넘을 수 없다. 지도를 보면 이미 훨씬 전에 고개를 넘었어야 했다. 그러고 보니 시간도 너무 오래 걸렸다. 아무리 생각해도 오르막길이 너무 길다. 나침반을 보니 우리는 예정된 루트를 벗어나 아무래도 아토스 산의 정상을 향해 걸어가고 있다는 느낌이 들었다. 그러나 확신할 수는 없다. 의논을 해본 결과 뭔가 표지판이 나올 때까지는 걸어보기로 했다.

열두 시, 우리가 완전히 지쳐버릴 무렵에 세 명의 나무꾼 일가를 만났다. 산의 경사면에서 자라는 나무를 베어낸 뒤 당나귀 등에 실어 아래쪽에 있는 길까지 나르고 그곳에 쌓아올린 다음 다시 그 나무들을 정리해서 산기슭까지 나르는 일을 한다. 당나귀는 모두 예닐곱 마리 정도였다. 나무꾼 일가는 아버지와 큰아들과 작은아들로 구성되어 있다. 그리고 작은 개가 있다. 미크로라는 이름이라고 아들이 알려주었다. 일본어로 하면 막내 정도가 될 것이다.

우리가 "그란데 라브라에 가고 싶은데요"라고 말하자 "전혀 틀렸어"라는 대답이 돌아왔다. "길, 틀렸어. 이 길, 어디에도 안 가." 요컨대 이 길은 목재를 잘라 나르기 위해 만든 길인 모양이었다. "돌아가야 해. 쭉 내려가다 보면 '그란데 라브라'라고 쓰인 표지판이 나오니까"라고 그는 말한다. 그곳에서 오른쪽으로 가면 된다는 것이다. 우리는 주의를 기울이며 걸어왔지만 표지판 같은 것은 볼 수 없었다. 이상하다는 생각이 들었지만 원주민의 말이니 어쩔 수 없다.

그들도 마침 점심시간이었는지 우리와 산 중간까지 함께 내려오게 되었다. 당나귀에 목재를 잔뜩 싣더니 엉덩이를 두드려 앞서 가게 한다. 그 뒤를 우리가 천천히 걸어간다. "어디에서 왔지?"라고 아버지가 묻는다. "일본에서 왔다"라고 대답하자 왠지 잘 모르겠다는 표정을 지었다. "뭘로 왔지?"라고 묻기에 "비행기"라고 말하자 세 명은 서로 얼굴을 바라보면서 "비행기래!"라고 한다. 비행기를 탔다는 사실 하나에 감동받는 모습은 나도 처음 보는 일이다. 굉장한 곳에 왔다는 사실이 다시 실감 난다.

이 일가는 아르네아라는 마을에서 돈을 벌러 왔다고 한다. 아버지는 내가 갖고 있는 지도에서 그 아르네아라는 마을의 위치를 알려준다. "아, 이쪽이야"라고 말하며 손가락으로 그 위치를

길을 헤매다 만난 세 명의 나무꾼 부자.

가리킨다. 지도에는 그 아르네아 마을은 나와 있지 않았다. 훨씬 북쪽에 있는 드라마라는 마을(나는 옛날에 그쪽 지역을 버스로 여행한 적이 있다. 드라마라는 마을은 전혀 드라마틱하지 못한 마을이다) 근처에 있다. 집에는 아이들이 세 명 더 있다며 아버지는 자랑을 한다. "한 달 동안 여기서 일을 하고 아르네아로 돌아가." 그리고 빙긋 웃는다. 이 정도의 얘기를 끌어내는 데도 상당한 시간이 걸린다. 나의 그리스어가 형편없는 탓도 있지만 무엇보다 입이 무거운 사람들이다.

그들은 아래쪽에 잠을 자는 곳이 있는 듯했으나 점심은 도중에 임시로 지은 오두막에서 먹는 듯했다. 기둥을 세우고 온실처럼 주위에 비닐을 두르기만 한 것이다. 오두막 옆에는 샘물이 있는데 너무나 시원하고 맛있다. 나무꾼 부자는 그 물로 커피를 만들어준다. 아들은 성룡의 팬이라고 한다. 그리스에서 성룡의 인기란 그야말로 절대적이다. 로버트 드니로와 톰 크루즈와 해리슨 포드가 한 팀이 돼서 덤벼들어도 도저히 당해낼 수 없을 것 같다. 이 사람들이 가는 영화관에서는 주로 필름 값이 저렴한 홍콩 영화들만 상영되고 있을 테니까.

커피를 마시고 함께 기념 촬영을 한 뒤 그들에게 고맙다는 인사를 하고 우리는 다시 출발한다. 길을 쭉 내려가자 정말로 '그란데 라브라'라고 적힌 표지판이 있었다. 열 시 삼십 분경 우리가 피곤에 지쳐 가벼운 식사를 하며 휴식을 취했던 바로 그 지점이다. 아마 너무 피곤해서 빨리 쉬고 싶다는 마음에 보지 못한 듯하다. 우리가 앉아 있던 지점에서 보면 그 표지판이 있는 곳은 사각지대가 된다. 이런, 이런. 이로써 세 시간 정도를 낭비해버렸다.

계속 이런 식이라면 밤이 되어도 수도원까지 가지 못하고 늑대나 들개들과 함께 노숙을 하게 될지도 모른다.

그러나 어쨌거나 배가 고팠기 때문에 그 분기점에서 점심을 먹기로 한다. 매튜가 싸준 야채를 잘라 콘비프와 함께 오픈 샌드위치를 만들어 먹는다. 아까 물통에 넣어온 차가운 샘물을 꿀꺽꿀꺽 마신다. 편집자인 O씨는 "와아, 이렇게 맛있는 콘비프는 태어나서 처음이다!"라고 말한다. 몸이 너무 피곤한 데다 한동안 고기를 먹지 않았기 때문에 통조림 콘비프가 너무나 맛있게 느껴진다. 말 그대로 온몸에 스며드는 것 같은 느낌이다. 매튜가 싸준 야채도 매우 신선하고 달고 맛있었다. 토마토는 대지의 영양분을 빨아들일 수 있는 한 최대로 빨아들인 것 같은 맛이 났다. 오늘은 O씨의 서른세 번째 생일이기 때문에 그가 이렇게 맛있는 점심식사를 할 수 있었다는 사실이 나로서도 매우 기쁜 일이다. 먼 길을 돌아온 보람이 있었다고 할 만하다. 땀으로 흠뻑 젖은 셔츠를 벗어 말리며 그 주변에 누워 눈을 감고 한동안 새

그런데 라브라를 알려주는 이정표.

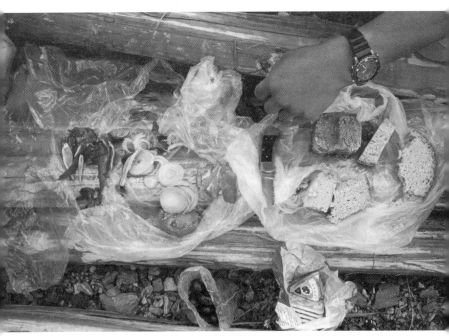

그런데 라브라 수도원을 가는 도중의 분기점에서 먹은 점심. 매튜가 챙겨준 음식이다.

소리를 듣는다.

이십 분 정도 그곳에서 휴식을 취한 뒤 다시 마음을 다잡고 출발한다. 변함없이 오르락내리락 반복하는 고원의 길이 계속된다. 다행히 날씨는 좋다. 가끔씩 아토스 산에 구름이 끼긴 했지만 예의 그 불길한 비구름은 아니다. 깨끗하고 하얀 구름이다. 결국 목적지인 라브라 수도원에 도착한 것은 저녁 다섯 시가 넘어서였다. 아침 일곱 시부터 열 시간 정도를 계속 걸었다는 얘기다. 고된 하루였다. 발이 아플 만도 하다.

라브라에서도 변함없이 루크미와 커피와 우조 삼종세트가 나온다. 탐욕스럽게 루크미를 먹어 치운다. 이 달콤함이 지금에 와서는 뭐라고 표현할 수 없을 정도다. 행복하다. 입 안에 이 젤리 과자를 넣으면 평안한 달콤함이 온몸의 세포들에게까지 전달되는 것이 느껴진다. 이렇게 매일 먹는다면 루크미 중독이 되어 버릴지도 모른다. 커피도 맛있다. 우조도 맛있다. 로마의 레스토랑에서 즐겼던 맛 따위는 이미 오래전에 어딘가로 날아가 버렸다.

우리가 라브라 수도원에 도착하고 오래되지 않아 이탈리아인으로 보이는 단체가 시끌벅적하게 몰려왔다. 아무래도 종교적인 단체 같은데, 로마 가톨릭 수도사가 열네댓 명의 단체를 인솔하고 있다. 아마 같은 수도사들로 아토스를 견학하러 온 건 아닐까. 하지만 이 수도사들은 뜻밖에도 카세트 라디오를 가지고 있다. 그 카세트 라디오에는 로사리오가 달려 있었다. 뭘 먹는지는 모르겠지만 상당히 혈색이 좋았고 작은 일에도 큰 소리로 껄껄 웃는다. 같은 수도사라고는 해도 아토스와 로마는 너무 다르다. 까마귀 무리 속에 백로처럼 눈에 띈다. 이탈리아인들은 대부분 단체로 행동하면서 게다가 무척이나 큰 소리로 떠들기 때문에 어디를 가도 금방 알 수 있다. "케벨로(좋군)"라든가 "베니시모(최고)"라든가 "체르토(정말)" 등등 하여간에 시끄러워서 정신을 차릴 수가 없다. 이 일행들은 버스를 타고 여기까지 온 모양이다. 그중에는 웬일인지 폴란드인 청년이 한 명 섞여 있었는데, 이 청년은 이탈리아인 집단에 꽤나 질려버렸는지 우리 쪽에 호의를 보였지만 우리도 취재하느라 바빴기 때문에 그다지 상대해주지 못했다. 이탈리아인 단체에 섞이는 사람은 어쩔 도리가 없다. 나도 한 번 마르타 섬을 여행할 때 이탈리아인 단체와 동행할 뻔한 적이 있었는데 그것은 진짜 지옥이었다.

라브라는 카라칼르와는 달리 정교도와 이교도가 함께 식사를 한다. 넓은 식당에 모두 모여 기도를 들으면서 저녁식사를 하는 것이다. 식당의 오른쪽에는 수도사의 테이블이 있고 왼쪽에는 순례자들의 테이블이 있다. 막다른 곳에 기도를 올리는 수도사들의 테이블이 있다. 대리석으로 만들어진 테이블은 상당히 트렌디한 느낌이다. 아자부 어른들의 거리라고도 불리며 공연장, 영화관, 백화점 등이 몰려 있는 도쿄의

그런데 라브라 수도원의 종.

그런데 라브라 수도원의 안뜰에 핀 자양화.

그런데 라브라 수도원의 안뜰.

^{번화가}의 바에 가져가도 손색이 없을 정도다.

그러나 이 정식 저녁식사라는 것이 상당히 까다롭다. 기도를 하는 동안 재빨리 식사를 끝내야만 한다. 그것도 지금은 먹어도 되고 또 지금은 안 된다는 등 여러 규칙들이 번거롭기만 하다. 식사 자체가 꽤 힘들다. 조금이라도 실수를 하면 같은 테이블의 순례자 아저씨가 노려본다. 하지만 우리는 신앙심도 없고 배가 너무 고팠기 때문에 내 마음대로 먹는다.

메뉴는 야채 스튜(콩, 가지, 호박, 감자, 양파, 피망)와 페다 치즈(산양의 젖으로 만든 치즈)와 빵(어제 먹은 카라칼르의 빵이 더 맛있었다) 그리고 와인! 나는 이 와인을 봤을 때 정말 기뻤다. 짙은 색의 화이트 와인이 플라스크에 든 채 테이블 한가운데에 떡하니 놓여 있는 것이다. 잔에 따라서 마셔보니 상당히 불가사의한 맛이 난다.

나는 그리스에서 실로 여러 종류의 와인을 마셔봤는데 그것들과 완전히 달랐다. 우선 조금 단맛이 난다. 하지만 소위 달콤한 와인의 맛이 아니라 잘 억제된 달콤함이다. 전체적으로는 원시적인 브랜디 맛에 가까운 것 같다. 하지만 와인이다. 좌우지간 신비한 맛이다. 평소에 이것을 마셨다면 분명히 맛이 없다고 느꼈을 것이다. 어쩌면—지금 생각해보면—그때 그 와인은 맛이 조금 변질되었던 것이 아닐까 하는 생각마저 든다. 하지만 나는 그때 정말 맛있는 와인이라고 생각했고 그 맛을 지금도 확실하

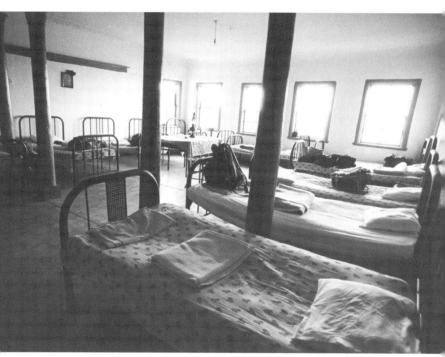

그런데 라브라 수도원의 숙박소. 이곳에는 전기가 들어온다.

게 기억하고 있다. 혀끝이 아니라 몸 전체가 그 맛을 기억하고 있는 것이다. 나중에 아토스 산에서 만들었다는 와인을 사서 마셔봤지만 그건 뭐라고 말할 것도 없는 평범한 와인이었다.

하지만 나는 원하는 만큼 와인을 마실 수는 없었다. 두 잔째 따르는데 맞은편에 앉은 완고하게 생긴 순례자 아저씨가 내 얼굴을 빤히 바라봤기 때문이다. 더 이상 마시면 안 된다고 눈치주는 것 같았다. 그래서 아쉽지만 세 잔째는 따를 수가 없었다. 지금 생각해봐도 지극히 아쉽다.

식사가 끝날 무렵 수박을 담은 접시가 나왔다. 식사가 끝나고 디저트를 먹나 보다, 라며 O씨가 수박을 한 입 베어 물었을 때 기도가 끝났다.

그리고 O씨가 두 입째 수박을 먹으려고 하자 순례자 아저씨가 그를 노려보면서 "안 돼!"라고 말했다. 그런 이유로 O씨는 모처럼만의 생일임에도 수박을 한 입밖에 먹을 수 없었다. "맛있었는데 말이죠"라며 그는 분하다는 듯이 말한다. 기도가 끝나는 타이밍과 디저트가 나오는 타이밍이 너무 가까웠던 것이 문제였다.

수도사들은 그 점에 익숙한 모양인지 그 틈을 타서 모두 수박을 다 먹고 있었다. 과연 프로들이다. 감동스러웠다. 《아토스 산 미슐랭》에서는 이 라브라 수도원의 주방도 상당한 점수를 얻을 것이다. 스튜도 맛있었고 와인이 나온다는 점도 좋았다. 단 디저

106

트를 내놓는 타이밍은 서비스 면에서 감점의 대상이 될 것이다. 그리고 빵도 조금만 더 신경을 써주면 좋을 텐데 말이다.

식사가 끝난 뒤 내일 식량으로 쓰기 위해 나는 테이블 위에 남은 빵과 치즈를 재빨리 봉지에 넣어서 가져온다. 너무나 분주히 움직이고 있는 식당 사람들에게 "내일 아침 일찍 출발해서 그러는데 먹을 것을 조금 나눠주실 수 있습니까?"라고 말을 꺼낼 분위기가 아니었기 때문이다. 그런데 규칙이 매우 까다로운 듯 내가 음식을 봉지에 담자 다들 굉장히 기분 나쁜 듯한 표정을 짓는다. 친절했던 카라칼르의 매튜 신부와는 달라도 너무 다르다. 그러나 주위 사람들이 싫은 얼굴을 한다는 것 때문에 포기할 수는 없다. 식량이라는 것은 우리에게 있어서는 사활이 걸린 문제인 것이다. O씨도 어떻게든 틈을 타서 수박을 낚아채 가지고 왔다. 이 사람은 시종일관 수박에 집착하고 있었다.

프로드롬 스키테까지

한편 이 그란데 라브라는 그 이름에서도 알 수 있듯이 아토스 반도 가운데 특히 규모가 큰 수도원이다. 최대 규모에 역사도 가장 오래되었다. 그래서 설비 또한 크고 제대로 갖춰져 있으나 가정적인 맛은 그만큼 떨어지는 편이다. 식당만 해도 그 크기가 너무 크다. 흡사 긴자(銀座)의 '라이언 비어 홀' 정도의 크기다. 이 정도라면 수박 같은 것쯤은 천천히 먹게 해줘도 좋지 않은가.

"하지만 이교도들이 느긋하게 수박을 먹을 수 있도록 해주는 게 이 수도원이 존재하는 목적은 아니니까요"라고 O씨가 말한다. 듣고 보니 그도 그렇다.

그리고 이 수도원에는 기념품 가게가 있다. 물론 만두라든가 수도사 인형 같은 수도원과 관련된 상품을 파는 것은 아니고 종교와 관련된 물건들을 파는 곳이다. 그래도 기념품 가게라니. 그리고 여기에는 전기가 들어온다. 화장실에는 거울까지 붙어 있다. 이제까지의 수도원에서는 거울 같은 것은 하나도 없었다. 그래서 나는 수도원에는—외모에 신경을 써서는 안 된다는 이유로—거울을 일절 놓아두지 않는 거라고 생각했었다. 하지만 여기에는 거울이 떡하니 있다. 시험삼아 거울을 들여다보니 볼이 쑥 들어가 있었고 수염은 덥수룩했다. 아토스 반도는 피트니스에는 안성맞춤인 곳인 모양이다.

여기에는 여러 가지 유서 깊은 건물과 보물이 있다고 하는데 처음에도 얘기했듯이 나는 그런 것에는 그다지 흥미가 없을뿐더러 이 수도원은 내 취향으로 봤을 때 지나치게 크게 느껴졌다. 적당히 정원을 산책한 뒤 프레스코화를 보는 정도로 하루를 마감했다. 이것으로 아토스 반도에서 머물 수 있는 사흘을 다 써버렸다. 우리 심산으로 반도의 남단을 모두 둘러볼 생각이었지만 비 때문에 계획이 완전히 틀어져버렸다. 여기서부터 드디어 비경이 시작된다는데 아쉬울 따름이다.

하지만 어쨌거나 남단에 있는 캅소카리비아의 스키테(작은 수도원)까지 간 뒤 그곳에서 배를 타고 다프니로 돌아가기로 한다. 그렇게 하면 어떻게든 반도의 남단까지는 간 것이 된다. 그런데 라브라부터는—아토스 산을 우회한 건너편이 되지만—더 이상 정식 수도원은 존재하지 않는다. 그곳에는 훨씬 작고 터프한, 말하자면 '수도원 현지 출장소' 같은 것들이 있을 뿐이다. 이 출장소는 몇 가지 종류가 있는데, 크기순으로 스키테, 케리욘, 카리베, 카티스마, 헤시하스테리온이라고 불린다. 수도원에는 각각 정원이 정해져 있어서 인원수가 정원을 넘으면 나머지 수도사는 수도원을 떠나 각 출장소로 가야만 한다. 그중에서 가장 큰 규모인 스키테는 수도원의 규모를 줄이고 통일성을 좀 더 약화시킨 듯한 곳이지만, 마지막 헤시하스테리온까지 내려가게 되면 완전히 은자의 오두막 같은 수준이 된다. 그들은 세속에서 멀리 떨어진 황무지나 산속, 동굴 같은 곳에 오두막을 세우고 그곳에서 그 누구의 방해도 받지 않은 채 종교적이고 고독한 생활을 보내고 있다. 소위 골수 강경파 수도사인 것이다. 그리고 그들 대부분은 이 그란데 라브라에서 더 가야 나오는 반도 남단에서 살고 있다. 그러므로 나로서는 아토스에 온 이상 무슨 일이 있어도 남쪽 깊은 곳까지 가보고 싶었던 것이다.

우리는 아침 일찍 그란데 라브라 수도원을 출발한다. 다행히도 맑은 날씨였다. 구름 한 점 없다. 이제부터 시작되는 길은 점점 그리고 결국에는 더할 나위 없이 험해진다. 길의 대부분은 한 사람이 겨우 지나갈 수 있을 정도의 넓이밖에 되지 않는다. 그리고 중간 중간에 끊겨 있다. 비가 오면 강으로 변해버리는 그런 길이다. 키가 큰 풀들이 뒤덮여 있어서 하나하나 손으로 헤쳐내지 않으면 앞으로 나아갈 수가 없다. 도로 표지판은 빈약하고 갈

림길이 자주 등장해서 여행자들을 헷갈리게 한다. 하지만 적어도 이탈리아인 단체 여행객들은 이곳까지 오지 않는다.

"무라카미 씨는 이탈리아 사람들한테 무슨 원한이라도 있는 것 같아요"라고 O씨가 말한다.

그런 건 없지만 모처럼 로마에서 벗어나지 않았는가. 이런 곳까지 와서 이탈리아 사람들을 만나고 싶지는 않다. 논 네베로?(내 말이 틀린가?)

약 한 시간 뒤에 프로드롬 스키테에 도착했다. 바닷가에서 조금 내륙으로 들어온 곳에 있는 작은 수도원이다. 여기까지 오는 길 내내 얌전하게 생긴 개 한 마리가 따라온다. 부르면 도망가다가도 다시 걷기 시작하면 곧 뒤따라온다. 그 외에는 누구도 만나지 않는다. 결국 이 개는 수도원 입구까지 따라왔다.

프로드롬 스키테에는 사람들의 흔적이 없었다. 문을 지나 정원으로 들어가 아르혼다이처럼 생긴 곳에 가서 큰 소리로 불러봐도 아무도 나오지 않는다. 쥐 죽은 듯이 고요하다. 마치 모두가 최근에 어떤 이유로 이 건물을 떠난 것처럼 보인다. 건물은 청결하고 손질이 잘 되어 있다. 하지만 사람의 그림자는 없다. 사람의 기운조차 느껴지지 않는다. 어디선가 새가 지저귀는 소리가 들려온다. 그뿐이다.

하는 수 없이 우리는 한동안 거기 앉아서 누군가가 오기를 기다린다.

십 분 정도가 지나자 왜소한 체구의 수도사 한 명이 희미한 그림자처럼 소리도 내지 않고 모습을 보인다. 그는 손에 빗자루를 들고 있었다. 그리고 우리가 왔는지 미처 몰랐다며 미안하다고 사과한다. 아침 여덟 시경에 이곳을 찾아오는 순례자는 별로 없는 모양이다. 그가 예의 커피와 루크미와 우조를 들고 온다. 이렇게 말하는 것은 좀 그렇지만 루크미 맛은 카라칼르가 더 좋았다.

수도사의 이름은 크레만이라고 한다. 그는 루마니아인이었고 프랑스어로 말했다. 그의 말에 의하면 이 스키테는 그란데 라브라에 속해 있고(모든 스키테는 어딘가의 수도원에 속해 있다) 1863년에 세워졌다. 이곳에 살고 있는 열다섯 명의 수도사는 모두 루마니아인이다. 그는 우리를 스키테 중앙에 있는 훌륭한 예배당으로 안내해주었다. 평소에는 예배 시간에만 볼 수 있는 것이지만 친절한 크레만 신부는 우리를 위해 일부러 문을 열어주었다. 입구에 들어서자마자 수많은 수난도가 눈에 띈다. 과거에 종교적인 수난을 당한 성인들의 그림이 벽뿐만 아니라 천장에까지 그려져 있다. 프레스코 화가 아닌 일반 물감으로 그린 그림이다. 하지만 백 년밖에 지나지 않아서인지 퇴색되고 균열이 생기기는 했지만 아직 선명했다. 이것을 보고 있자니 세상은 실로 온갖 종류의 수난으로 가득 차 있구나, 하는 생각이 들고 만다.

프로드롬 스키테의 예배당.

프로드롬 스키테의 수난도.

예를 들면 뜨거운 솥 안에서 고통을 받고 있는 성자도 있고(이 사람은 조금 당황한 듯한 표정을 짓고 있지만 그렇게 뜨거워 보이지는 않는다), 손과 발이 도끼로 한 마디씩 잘리는 성자도 있고(이 사람은 상당히 아파 보인다), 배 위에 올려진 뜨거운 석탄 때문에 괴로워하는 사람도 있고(이 사람은 '이제 어찌 되든 상관없어'라는 얼굴을 하고 있다), 옆구리를 불로 지지는 형벌을 받고 있는 사람도 있고(이 사람은 왠지 모르게 딴청을 부리는 얼굴로 참고 있다), 마차에 묶여 빙글빙글 돌림을 당하며 그 바퀴에 달린 못에 등이 갈가리 찢기는 사람도 있고(이 사람은 아무래도 실신한 모양이다), 거꾸로 매달린 채 살가죽을 벗기는 형벌을 당하는 사람도 있다(굉장히 아파 보인다). 그중에서도 압권은 톱으로 다리 사이를 자르는 형벌이었다. 거꾸로 매달아놓고 톱으로 다리 사이를 잘라가는 것이다. 이건 정말 장난이 아니라는 생각이 든다. 이런 것을 보고 있자니 점점 마음이 어두워지는데 예배당 안으로 들어서면 안락한 천상의 그림이 펼쳐져 있다. 성인은 하나님의 부름을 받아 천국에서 휴식을 취하고, 이교도는 지옥으로 떨어져 영원한 고통을 받고 있다. 천사가 나팔을 불고, 성모는 상냥한 미소를 머금고 있다. 지옥도 천국도 조금 과장되어 있었고 구도도 단순하다. 하지만 결국 그런 분위기가 그리스정교의 장점이자 특성이다. 가톨릭 사원에도 비슷한 것은 있지만 이 정도로 굉장하지는 않다. 베네치

아의 토르첼로 섬에서 본 수난도는 이탈리아에서는 잔혹한 지옥도로 유명하지만 이것에 비하면 천국에 준하는 것처럼 보인다. 어쨌거나 이런 그림을 보고 있자니 나 같은 사람은 아직 수난을 덜 겪었구나, 하는 생각이 든다. 문예비평 같은 건 수난이라고 부를 수도 없을 것이다. "많은 부분이 손상되었지만 이 스키테는 가난하기 때문에 복구할 수가 없답니다"라고 크레만 신부는 말한다.

예배당을 둘러본 후 크레만 신부가 이 근처에 성인이 살던 동굴이 있으니 가보지 않겠냐며 권해주었다. 아직 시간도 이르고 해서 잠깐 들러보기로 했다. 우리는 스키테의 뒤쪽으로 나가 그리스도가 수난을 겪은 듯한 자갈투성이의 거친 땅을 가로질러 해안 절벽으로 갔다. 도중에 두세 명의 수도승이 살고 있는 작은 오두막이 몇 개 있다. 그 깎아지른 절벽에 작은 계단이 만들어져 있었다. 대체 몇 개인지 알 수 없었지만 계단은 매우 급경사였다. 발이 미끄러지지 않도록 천천히 내려가자 벽 쪽에 동굴이 뚫려 있었고 그 안에는 오두막이 지어져 있었다. 오두막 안에는 빗자루와 목어와 나무망치가 놓여 있다. 오두막의 마루는 불안하게 바다 쪽으로 기울어져 있다. 창문 밖으로 낭떠러지 위쪽에서 고무호스를 늘어뜨린 것이 보인다. 아무래도 그 호스로 스키테에서 물을 끌어오는 듯하다. 아마 호스가 없던 시대에는 일일이

성(聖) 아타나시우스 동굴로 가는 길 도중에 보았던 묘지.

프로드롬 스키테에서 해안의 절벽을 따라 동굴로 향하다.

양동이로 물을 길어 날랐을 것이다. 고단한 생활이다.

오두막 뒤편 동굴 안쪽에는 작고 고즈넉한 예배소가 있다. 제단이 놓여 있고 뭉툭한 양초가 촛대에 꽂혀 있다. 사람은 아무도 없다. 그저 바다에서 불어오는 바람이 횡횡 소리를 내며 불고 있을 뿐이다. 예배소 옆의 작은 구멍에는 오래된 두개골 네 개가 나란히 놓여 있었다. 몇 백 년 전 것인지는 알 수 없지만 상당히 오래된 것 같았다. 아마 여기서 살면서 수행을 쌓다가 죽어간 수도사들의 두개골이 아닐까 추측한다. 소중한 해골인 듯하지만 한번 해골이 되어버리면 외관으로 봐서는 성자인지 속인인지 구별할 수가 없다. 소설가와 사진가와 편집자의 구별도 되지 않는다. 모두 똑같이 보인다. 그저 하얀 해골이다.

프로드롬 스키테로 돌아오자 몇 명의 수도사가 도서관에서 오래된 책을 꺼내어 햇볕에 말리고 있었다. 제본이 낡아 너덜너덜해진 책도 수선하고 있었다. 모두 너무나 조용한 사람들이었다. 사진을 찍어도 되겠냐고 묻자 괜찮다고 한다. 아토스에서 수도사의 사진을 찍는 것은 매우 어려운 일이지만(수도사 대부분이 싫어하고 그중에는 화를 내는 사람도 있기 때문에) 이 스키테 사람들은 성격이 느긋한 탓인지 흔쾌히 사진을 찍게 해주었다.

또한 점점 우리가 갖고 있는 식량이 줄어들었기 때문에 뻔뻔하다고 생각하면서도 크레만 신부에게 "만약 괜찮다면 뭔가 먹

동굴 안쪽 고즈넉한 예배소 옆의 작은 구멍에 있는 두개골.

고서(古書)를 햇볕에 말리고 있는 수도사들.

루마니아계의 조용한 수도원, 프로드롬 스키테.

을 것을 나눠줄 수 있는지요?" 하고 물어보았다. 크레만 신부는 고개를 끄덕이고 사라지더니 한참 뒤에 먹을거리가 가득 들어 있는 주머니를 들고 돌아왔다. 안에는 토마토와 치즈와 빵과 올리브 절임이 들어 있었다. 가난한 스키테에서 이렇게 먹을 것을 많이 받는 게 면목 없기는 했지만, 그 친절한 마음이 고마웠고, 실제로 나중에 매우 큰 도움이 되었다. 카라칼르의 매튜도 좋고, 이 프로드롬의 크레만 신부도 좋고, 이들의 대가를 바라지 않는 호의가 없었다면 우리는 훨씬 더 험한 꼴을 당했을 것이다. 우리는 종교에 대해 잘 알지는 못하지만 친절에 대해서는 잘 알고 있다. "사랑은 사라져도 친절은 남는다"라고 말한 것이 커트 보네거트였던가?

우리는 열 시 사십오 분에 이 프로드롬 스키테에 작별을 고했다. 다음 목적지는 캅소카리비아 스키테다. 그리고 그곳에서 우리는 돌아가는 배를 탄다. 물론 일이 제대로 돌아갈 때의 얘기지만.

하지만 역시 일은 뜻대로 되지 않았다.

캅소카리비아

프로드롬에서 캅소카리비아까지의 길은 상당히 험한 길이다. 평지라고는 거의 없었고 매우 경사가 급한 오르막길이거나 또는 매우 경사가 급한 내리막길뿐이다. 험준한 산을 하나 넘어서면 깊은 계곡이 나오고 다시 깎아지른 산이 버티고 서 있다. 그런 식으로 몇 번이나 반복을 하다 보니 지긋지긋해진다. 바다를 따라 가는 벼랑 길은 대부분 허물어진 채 없어졌고 자갈밭의 경사면을 손으로 더듬어가며 나아갈 수밖에 없다. 두 시간 정도 걸으니 온몸이 지칠 대로 지쳐 벼랑 위에서 잠시 휴식을 취하기로 한다. 바다를 내려다보면서 물을 마시고 크레만 신부에게 얻은 빵과 올리브를 먹는다. 피곤에 지친 몸에 올리브의 소금기는 뭐라고 형언할 수 없을 정도로 기분을 좋게 해준다.

아침에는 오른쪽으로 우뚝 솟아 있던 아토스 산이 지금은 우리 뒤에 물러서 있다. 우리는 반도 남단에 가까워지고 있는 것이다. 하지만 정신을 차려보니 방금 전까지 분명하게 보이던 아토스의 산정 부근이 기분 나쁜 검은색의 구름에 뒤덮여 있었다. 묵직하고 둔중해 보이는 구름이다. 그리고 그 구름 아래는 회색의 그림자로 희미해져 있다. 아무래도 산 위에는 비가 내리고 있는 모양이다. 그것도 상당히 지독한 비가. 다시 날씨가 변덕스러워졌다. 큰일이군. 어쩌면 여기에도 비가 올지 모른다고 생각하자마자 빗방울이 툭툭 떨어지기 시작한다. 당황해서 서둘러 일어나 걷기 시작했지만 이, 삼십 분이 지나자 본격적으로 장대비가 내리기 시작했다. 그냥 걷기도 힘든 길인데 비까지 내리다니, 그야말로 최악의 상황이다. 눈 깜짝할 사이에 모든 것이 흠뻑 젖어 버렸다. 그제와 똑같은 상황이다.

큰 수도원을 중심으로 수도 생활이 이루어지는 반도의 중앙부와는 달리 이 부근의 수도사들은 대부분 산속에서 거의 농부처럼 개인적인 생활을 하고 있다. 걸어가다 보면 여기저기에 가끔씩 인가가 보인다. 작은 밭이 있고, 가축 우리가 있고, 포도시렁이 있고, 개가 있다. 가끔씩 만나는 수도사들은 그리스정교 특유의 모자를 쓰고 있었지만 옷은 수도복이 아닌 훨씬 더 격렬한 육체노동에 적합한 작업복을 입고 있다. 운동복 바지나 청바지를 입은 수도사도 있다.

또한 훨씬 더 거칠고 고독한 곳을 찾아서 바다가 내려다보이는 단애절벽의 끝에 지어진 수도용 오두막도 있다. 대체 어떻게 이런 곳에 건물을 지을 수 있을까 싶을 정도로 깜짝 놀랄 만한 곳도 있었다. 그런 집이나 수도용 오두막에서 우선 비를 피할 수는 있었지만 무슨 일이 있어도 캅소카리비아의 선착장까지 가자는 것에 모두의 뜻이 일치했다. 무엇보다 아토스의 체재 허가가 오늘로 끝나는 데다가 네 시에 캅소카리비아항을 떠나는 배를 놓치게 되면 아주 곤란해진다. 그래서 우리는 기운을 내서 점점 더 격렬해지는 빗속을 뚫고 계속 걷기로 했다.

캅소카리비아까지의 여정에 대해서는 딱히 기록할 만한 일도 없다. 비가 퍼부었고, 길은 너무나 험악했으며, 우리는 피곤에 지쳐서 말도 하지 않은 채 묵묵히 걷기만 했다, 는 정도다. 결국 캅소카리비아에 도착한 것은 오후 두 시가 지나서였다. 이때 우리는 강을 헤엄쳐서 건넌 것처럼 흠뻑 젖어 있었고 뼛속까지 얼어붙어 있었다.

캅소카리비아는 깎아지른 산의 표면이랄까 절벽에 가까운 경사면에 만들어진 촌락이다. 왜 일부러 이런 험한 곳을 골라서 마을을 만들었는지 나로서는 그 이유를 잘 알 수가 없다. 이런 급경사에는 밭도 만들 수 없고 어디를 가려고 해도 험한 길을 오르락내리락해야 한다. 마을 입구에서 제일 아래에 있는 선착장까지 아마 빌딩 30층 정도의 고저차가 날 것이다. 완전히 미친 듯한 지형에 있는 마을이다. 아니, 마을이라고는 해도 가게와 식당 같은 것은 하나도 없고 단지 수도원 관련 건물들과 독립된 수도용 오두막 같은 것들이 길을 따라 간간이 있을 뿐이다. 사람들의 모습도 보이지 않는다. 쓸쓸하고 휑뎅그렁한 적막한 장소다. 특히 비가 좍좍 내리면 세계의 끝이라고는 할 수 없어도 말단에 상당히 접근한 곳처럼 느껴진다. 배가 출발하기까지는 아직 두 시간 가까이 시간이 남아 있었지만 우리는 걱정이 되어—여기서는 언제 무슨 일이 벌어질지 알 수 없으므로—선착장까지 내려가 있기로 한다.

선착장은 마을이 끝난 곳에서 다시 아래에 있다. 항아리의 바닥과 같은 모양이다. 벼랑을 따라 경사가 심한 계단 아래까지 쭉 내려가면 바다 쪽으로 돌출된 콘크리트 제방 같은 것이 있다. 파도가 그것에 부딪혀 물보라를 일으키고 어두운 색의 해초들이 튀어오르기도 한다. 그리고 눈길이 닿는 곳까지 바다 위로 비가 퍼붓고 있다. 등 뒤는 절벽이다. 그 외에는 아무것도 없다. 부두에서 흔히 볼 수 있는 건물 같은 것도 없을뿐더러 아무런 표지도 없다. 단지 제방 하나만 있을 뿐이다. 세상에, 이런 곳에서 두 시간이나 비를 맞으며 배를 기다려야 하다니. 이런 생각을 하자 마음이 어두워졌다.

하지만 하늘이 무너져도 솟아날 구멍은 있는 법, 조금 앞으로 나아가자 동굴 같은 것이 보였다. 아무래도 이 부근은 동굴이 잘

칼소카리비아 선착장 근처의 동굴에서 비를 피하다. 왼쪽부터 마쓰무라, 하루키, 편집자 O씨.

생기는 지형인가 보다. 그렇게 깊은 동굴은 아니었지만 그래도 안에 들어가면 비 정도는 피할 수 있다. 우리는 그곳에서 옷을 벗어 타월로 몸을 닦고 마른 옷으로 갈아입었다. 그리고 식사를 했다. 배도 지독하게 고팠고, 어차피 이제 배를 타고 아토스를 떠날 일만 남았다는 생각에 남은 음식을 거의 전부 먹어 치웠다. 토마토와 치즈와 피망을 빵에 끼워 먹고 올리브를 먹었다. 이제 배낭에 남아 있는 것은 크래커 조금과 치즈 두 조각 그리고 레몬뿐이다.

시계가 세 시를 넘어서자 겨우 비가 그쳤다. 비가 그치고 나면 회복은 빠르다. 눈 깜짝할 사이에 해까지 떴다. 아토스의 날씨는 정말이지 변덕스럽다. 우리는 동굴에서 나와 햇볕에 젖은 셔츠와 바지를 말리고 오랜만에 팬티 바람으로 일광욕을 즐겼다. 기분이 너무 좋아서 나는 깜빡 졸기까지 했다. 이제까지 어떤 일이 있었든지 간에 이제 배가 오기만을 느긋하게 기다리면 되는 것이다. 예정이 늦어져서 반도 끝을 돌아보지는 못했지만 그래도 어쨌거나 끝까지 왔고, 이제 먹을 것도 없고 돌아가기만 하면 되는 것이다. 슬슬 수염도 깎고 싶었고, 욕조에도 들어가고 싶었으며, 술도 마시고 싶었다.

하지만 배는 오지 않았다.

네 시가 되어도 네 시 반이 되어도 다섯 시가 되어도 배는 들어오지 않았다.

무슨 일이지? 우리는 모든 가능성을 검토해보았다. 도무지 가능할 수 없었다. 배가 결항을 할 정도로 바다가 거칠다고는 생각할 수 없었다. 어쩌면 배에서 우리 모습을 보지 못했던 걸까? 그래서 우리는 절벽 위로 올라가 가끔씩 저 멀리 바다 위를 가로지르는 배를 향해 "어-이, 어-이!" 하고 소리를 질러보기도 했다. 하지만 그 어떤 배도 우리 쪽으로 선체를 돌리지 않았고, 우리가 있는 후미진 쪽으로 다가오는 배도 한 척 없었다. 우리는 버림받은 것이다.

배를 타지 못한다면 여기에서 하룻밤을 보내는 수밖에 없다. 문제는 사흘밖에 허가를 받지 않았는데 나흘을 머물러도 되는 것인지였지만 다른 수가 없으니 어쨌거나 머물 수밖에 없다. 나중 일은 나중에 생각할 수밖에 없다.

그래서 우리는 예상외로 나흘째 되는 밤을 캅소카리비아의 스키테에서 보내게 되었다. 결과적으로 말하자면 이곳은 우리가 경험한 것 중에서 가장 거칠고 엄격한 수도원이었다. 이처럼 여행을 하다 보면 모든 일이 예정대로 순조롭게 풀리지는 않는다. 왜냐하면 우리는 이국땅에 있기 때문이다. 우리를 위해 존재하는 것이 아닌 장소— 그것이 바로 타향이다. 그러기에 모든 일은 우리가 마음먹은 대로 전개되지 않는다. 거꾸로 말하면 모든 일이 원하는 대로 풀리지 않는 것이 바로 여행이다. 예상대로 풀리지 않기 때문에 우리는 여러 가지 재미있는 것, 이상한 것, 기막힌 일들과 조우할 수 있는 것이다. 그리고 그렇기 때문에 우리는 여행을 하는 것이다.

우리는 우선 영어가 통하는 스키테의 수도사에게 "어째서 배가 오지 않았는가?"를 물어보았다. 상황은—그의 설명에 의하면—단순하고도 명백했다. 첫째, 우리가 기다리던 선착장이 잘못되었다. 보트가 오는 곳은 산 하나 건너편에 있다. 둘째, 그러나 상심하지 말라. 어차피 이런 날씨에는 배가 오지 않는다. 날씨가 좋지 않으면 배는 쉽게 결항한다. 셋째, 이 계절에는 배가 이틀에 한 번 오기 때문에 모레까지 오지 않을 것이고 날씨에 따라 또 오지 않을 가능성도 크다. 넷째, 무엇보다 이성적인 해결책은 내일 아기아 안나까지 걸어가서 그곳에서 다프니로 가는 보트를 타는 것이다. 반도 서쪽에 있는 아기아 안나까지 가면 매일 아침 배가 한 번씩 출발한다는 것이었다.

"아침이라니, 몇 시경인가요?"

"일곱 시."

"아기아 안나까지는 여기에서 얼마나 걸리죠?"

"글쎄요, 빨라도 세 시간 반 정도 걸릴 걸요."

그렇다고 해도 새벽 네 시 이전에 산길을 걸어갈 수는 없다.

그렇다면 아기아 안나에서 다시 하룻밤을 잔 뒤에 배를 타야 한다는 얘기가 된다. 그렇다면 3박 4일 허가증으로 5박 6일을 머물게 되니 문제는 더욱 커질 것이다.

"그래도 아기아 안나에 가보면 배가 있을지도 몰라"라고 내가 말했다.

"그렇군. 뭐 어쨌거나 가봅시다"라고 편집자 O씨도 말한다.

요컨대 이것으로 우리는 처음 계획했던 대로 반도의 끝을—즉 제일 힘든 지역을—빙 둘러가야만 하게 된 것이다. 우리가 캅소카리비아의 스키테(이 스키테는 프로드롬과 마찬가지로 그란데 라브라 수도원에 속해 있다)에서 머물렀던 방은 방이라기보다는 시골 판잣집에 가까운 것이었다. 공짜로 잠을 자면서 불평만 늘어놓는 것 같지만 여기는 지독했다. 화장실은 화장실이라고 하기에는 너무나 두려운 곳으로—나는 변비라는 것을 경험해본 적이 없는 인간이지만—아무리 애를 써도 도저히 배변 의욕이 솟아나지 않았다. 숙박을 담당하는 수도사는 드라큘라 영화에 나오는 등이 굽은 집사처럼 누추하고 불길하고 음산한 얼굴을 한 극단적으로 불친절한 사내였다. 매튜와 크레만처럼 조용하고 지적인 인간과는 전혀 다르다. 계속해서 투덜투덜 혼잣말을 하고, 뭔가를 걷어차고, 쾅 하고 소리 내어 문을 닫기도 했다. 우리가 왔는데도 루크미도 커피도 우조도 아무것도 주지 않았다. 이곳은

칼소카리비아 스키테 정원에서 바라본 풍경.

그렇게 만만한 곳이 아닌 것이다.

저녁식사 또한 지독했다. 우선 빵, 정말 형편없는 물건이다. 언제 만들었는지 모르겠지만 돌처럼 딱딱한 데다가 한쪽에는 푸른곰팡이가 피어 있었다. 그것을 세면대에 넣고 수돗물로 불린다. 그 다음에 그것을 체에 받쳐 물기를 빼고 주는 것이다. 물에 불려주는 것만으로도 친절하지 않느냐고 말할 수 있지만, 그것은 도저히 사람이 먹을 수 있는 음식이라고 말할 수 없다. 그리고 차갑게 식은 콩 수프. 거기에 식초를 듬뿍 쳐서 내놓았다. "식초 넣으면 힘이 난다"라고 그는 말한다. 그야 그럴지도 모르겠지만 맛은 엉망진창이다. 그리고 황토벽처럼 바스러지는 페다 치즈. 내가 태어나서 먹어본 페다 치즈 중에서 제일 짰다. 그것도 얼굴이 일그러질 정도로 짰다. 고혈압 환자에게 이것을 먹인다면 그 자리에서 경련을 일으키다 죽을지도 모른다. 하지만 배가 고프니 먹지 않을 수 없다. 선택의 여지란 없는 것이다. 그런 탓에 나는 곰팡이가 피어 있는 물에 불린 빵을 삼키고, 시큼한 수프를 마시고, 짠 치즈를 씹었다.

"곰팡이가 핀 빵을 먹어도 몸에는 아무런 이상이 없을까요?"라고 마쓰무라 씨가 묻는다. 좋은 질문이다. 하지만 나도 이제까지 곰팡이가 핀 빵을 먹어본 경험이 없기 때문에 어떻게 되는지 짐작할 수 없다. 강하면 살아남을 것이고 그렇지 않다면 살아남지 못할 수도 있다. 하지만 어쨌거나 배가 고프기 때문에 어쩔 수 없다. 눈을 질끈 감고 먹어버린다. 당연한 얘기지만 절대로 맛있는 빵은 아니었다.

마쓰무라 씨는 한 달 동안 중국 오지를 다니며 여러 가지 경험을 했지만 그래도 여기보다는 나았다고 한다.

그때 어디선가 고양이가 걸어 나왔다. 고양이는 이 수도원에서 살고 있는지 갸릉갸릉거리면서 우리에게 식사를 내어주는 그 기분 나쁜 수도사의 발에 얼굴을 비빈다. 수도사는 다시 투덜투덜 불평을 하면서도(뭔가 저주를 하고 있는 것일지도 모른다) 곰팡이 빵을 콩 수프에 넣어 그것을 고양이에게 "자, 먹어" 하며 준다 (우리를 대할 때보다 고양이를 대할 때가 좀 더 친절한 것처럼 느껴진다). 그러자 놀랍게도 고양이는 그것을 정말 맛있게 냠냠 먹는 것이었다.

나로서는 이 광경을 정말 믿을 수가 없었다. 콩 수프와 곰팡이 빵으로 살아가는 고양이가 이 넓은 세계에 존재하고 있는 것이다. 그런 고양이는 본 적도 들은 적도 없다. 내가 기르던 고양이는 가다랑어 포를 얹은 밥도 잘 먹지 않았다. 정말로 세상은 넓은 곳이다. 캅소카리비아에서 태어나 자란 고양이에게 음식이란 바로 곰팡이 빵과 식초를 넣은 콩 수프인 것이다. 고양이는 모르는 것이다. 산을 여러 개 넘으면 그곳에는 고양이 사료라는 것이 존재하고, 그것은 가다랑어 맛과 쇠고기 맛과 닭고기 맛으로 나뉘어져 있으며, 구루메(미식가) 스페셜 통조림이라는 것까지 있다는 사실을. 고양이들 중에는 운동 부족, 영양 과다로 빨리 죽는 고양이도 있다는 것을. 그리고 곰팡이 빵 따위는 절대로 고양이가 먹을 만한 음식이 아니라는 것을. 그런 것들은 캅소카리비아의 고양이로서는 상상도 할 수 없는 것이다. 고양이는 분명 '아— 맛있다. 오늘도 곰팡이 빵을 먹을 수 있어서 정말 행복해. 살아 있다는 건 얼마나 좋은 일인지' 라고 생각하면서 곰팡이 빵을 먹고 있는 것일 게다.

그 나름대로 행복한 인생일 것이다. 하지만 그것은 우리의 인생은 아니다. 이런 곳에 하루 더 처박혀 다시 곰팡이 빵 따위를 먹게 된다면 우리는 정말 죽어버릴 것이다. 내일은 가능한 한 빨리 아기아 안나로 도망가야지.

아기아 안나— 아토스여 안녕!

저녁식사를 마치고 나니 달리 할 일도 없어서 아토스의 역사에 대해 써진 책을 꺼내어 침대에 누운 채 캅소카리비아의 성립에 대해 알아보았다. 책에 따르면 이 캅소카리비아의 스키테는 마흔 개의 카리베(소수의 인원이 가족처럼 살아가는 작은 수도원)가 모여 성립되어 있다. 이 땅에 제일 처음 정착한 사람은 막시모스라는 이름의 은자였다. 그는 사람을 싫어한다고 할까, 아무튼 상당히 고집스럽고 별난 성격의 은자였던 모양이다. 처음에는 바닷가 근처에 암자를 세워 혼자서 은둔 생활을 즐겼지만 다른 수도사가 들어와 근처에 집을 짓기 시작하자 수행에 방해가 된다며 자신이 살던 오두막을 불태워버리고 낭떠러지 위쪽으로 옮겨 갔다고 한다. 어쩌면 성격이 급한 사람이었을지도 모른다. 그냥 살던 집에서 나오는 데 그치지 않고 굳이 불을 질러버리다니, 상당히 과격하다. 어쨌거나 그런 이유로 이렇게 낭떠러지에 붙은 기묘한 지형의 마을이 생긴 것이다. 마을의 성립 과정 그 자체가 이미 편협한 것이다. 그리고 그 편협함이 이 땅에 잔뜩 스며들어 지금까지도 이 마을의 성격으로 남아 있는 것처럼 내게는 느껴진다.

어쩌면 숙박을 담당하던 수도사도 사실은 다른 사람들이 찾아오는 것이 탐탁지 않아서 오두막을 태우는 대신(일일이 태울 수는 없는 일이어서) 곰팡이 빵을 식사로 내놓아 조금이라도 빨리 우리를 내쫓아버리려 한 것인지도 모른다. 그렇다면 그의 작전은 성공한 셈이다. 우리는 다음 날 아침식사에 다시 등장한 물에 불린 곰팡이 빵을 보곤 몸서리를 쳤다. 게다가 이번에는 곰팡이가 피고 푸석푸석한 루크미까지 딸려 나왔다. 그리고 짜디짠 페다 치즈와 커피. 하지만 배가 고팠기 때문에 눈물을 삼키며 묵묵히 먹는다.

"저기, 일부러 우리를 괴롭히려고 이런 걸 주는 게 아닐까요?"

마쓰무라 씨가 말한다. 의미심장한 질문이다.

"저 수도사는 숨어서 굉장히 맛있는 걸 먹을지도 몰라요."

O씨는 말한다.

"그러고 보니 여기 수도사도 혈색이 상당히 좋아요. 배도 나왔고."

마쓰무라 씨가 말한다.

"하지만 고양이는 정직한 동물이야. 만약○ ─ ﾃ 다면 곰팡이 빵을 먹으러 여기까지 오지는 않을 것 같은데? 어딘가에 맛있는 것이 있다면 냄새를 맡고 그쪽으로 가겠지"라고 내가 말했다.

어쨌든 결론은 나오지 않는다. 하지만 가능한 한 빨리 이곳을 떠나자는 데에는 모두의 의견이 일치한다. 행선지는 아기아 안나의 스키테. 이 스키테도 그란데 라브라에 속한다. 여기까지 와서 사치를 바랄 수는 없지만 칼소카리비아보다는 조금이라도 낫기를 바란다.

이 칼소카리비아에서 아기아 안나까지의 길 또한 지독했다. 그야말로 아토스에서 최악의 길이었다. 산은 점점 험해지고 계곡은 점점 깊어졌다. 힘들게 기어 올라가서 다시 **힘들게 기어서 내려와야 하는** 가파른 산길이 이어진다. 이제 아무 생각도 하기 싫을 정도로 힘든 길이었다. 좋은 날씨가 유일한 위안거리였다. 도중에 몇 명인가 수도사들과 스쳐 지나갔지만 여기까지 오다 보니 이제 승려인지 거지인지 큼직한 원숭이인지 가까이 올 때까지는 구별할 수 없다. 옷은 낡을 대로 낡았고 수염과 머리는 제멋대로 자라 있었으며 눈만 뒤룩뒤룩거릴 뿐이다. 그런 것이 산속을 헤매고 있는 것이다. 길에서 만난 한 나이 지긋한 수도사는 우리를 향해 "다음에 올 때는 마음을 바꿔서 정교로 개종을 한 뒤에 오시게"라고 진지하게 충고했다.

한 시간 정도를 걷자 완전히 녹초가 되어버려 우리는 고갯마루에 앉아 땀을 닦은 뒤 레몬을 반으로 잘라 꾹 눌러 그 즙을 마신다. 몇 개를 먹어도 모자랄 정도로 레몬이 맛있다. 당연히 신맛이 날 텐데, 전혀 신맛이 느껴지지 않는다. 껍질까지 잘근잘근 씹어서 과즙을 짜냈다. 레몬을 언제나 가지고 다닐 것! 이것이 여름에 그리스를 여행하면서 학습한 교훈 가운데 하나다.

뭔가 얘기를 하지 않으면 기운이 떨어질 것 같아 걸으면서 음식 얘기를 했다. 도쿄에서 장어를 먹는다면 어느 가게를 갈 것인가, 메밀국수 가게의 반찬은 어느 집이 맛있는가, 스키야키^{쇠고기나 닭고기 등을 두부, 파 등과 함께 끓이면서 먹는 전골 요리}에 두부와 시라타키^{가늘게 썬 곤약} 중 어느 것을 먼저 넣는가, 어느 고기집의 크로켓을 어느 집 빵에 넣어서 먹으면 맛있는가, 교토의 파 구이는 어느 가게에서 먹으면 좋은가, 하는 식의 두서없는 얘기들이다. 하지만 너무나 배가 고팠기 때문에 얘기들이 점점 현실성을 띠면서 묘사가 생생하게 세부적인 부분까지 미친다. 많은 편집자들이 그렇듯이—회사 돈으로 맛있는 밥을 먹는 것이 그들의 업무 가운데 하나이듯—O씨도 음식에 관한 한 상세한 정보를 갖고 있었고, 나도 음식 이야기 하는 것을 좋아한다. 그러다 보니 얘기가 점점 꼬리에 꼬리를 물고 이어지면서 길어진다. 하지만 마쓰무라 씨는 점점 과묵해진다. 이윽고 전혀 아무 말도 하지 않게 되었다. 나 같은 사람이야 한번 입을 열면 수다쟁이가 되지만 이 사람은 그런 얘기를 들으면 머릿속에서 그 음식의 이미지들이 자동적으로 점점 커지는 타입으로 여러 가지 음식 이름이 나올 때마다 참기 힘들 정도로 괴로웠던 모양이다. "그때는 정말 힘들었어요"라고 나중에서야 그는 고백했다. 심한 짓을 했다고 생각한다. 하지만 만약 그렇다는 것을 알았다면 좀 더 강렬하게 얘기했을 것을 하고 생각한다. 나는 그런 묘사에는 꽤 일가견이 있으니까.

하지만 어쨌거나 그 정도로 우리는 배가 고프고 체력이 소모되어 있었다. 전날 저녁부터 거의 아무것도 먹지 않은 것이나 다름없었다. 배낭 안에는 크래커와 치즈가 아직 조금 남아 있었지만 이것은 정말 최후의 최후까지 비상식량으로 남겨두지 않으면 안 된다. 아토스에서는 무슨 일이 일어날지 모르는 것이다.

그런 식으로 약 세 시간 반 정도를 계속 걸었다. 신발 사이즈가 좀 맞지 않아서 발에 잡혔던 물집 두 개가 터지고 발톱이 흔들린다. 아프냐고 묻는다면 그렇다고 하겠지만 마지막에 가서는 아픔을 느끼는 것조차 귀찮아졌다. 어쨌거나 걸을 수밖에 없다. 나는 달리기를 해왔기 때문에 웬만한 체력 소모에는 어느 정도 익숙한 편이었지만 그래도 이 길은 힘들었다. 오늘까지 4일간 오로지 계속 걷기만 했다. 일 때문이라고는 해도 도시에서 자란 O씨는 정말 불쌍해 보였다.

열한 시 이십 분에 겨우 아기아 안나의 스키테에 도착. 캅소카
리비아에 비하면 여기 사람들은 친절한 편이다. 커피와 우조가
나온다. 우조가 정말 맛있다. 뼛속까지 전달되는 느낌이다. 스키
테의 정원에서 눈 아래로 반짝반짝 빛나는 바다와 항구가 보인
다. 여기도 캅소카리비아와 마찬가지로 벼랑 중간쯤에 생긴 촌
락이다.

배편을 수도사에게 물어보니 오늘 배는 이미 출발해버렸으므
로 내일 아침까지 기다려야 한다고 한다. 다른 배는 없냐고 묻자
특별 요금을 내면 와줄지도 모른다고 말한다. 그래서 그 수도사
에게 다프니까지 전화를 걸어달라고 부탁했다. 그는 매우 친절
한 사람이어서 배의 카비타노(선장)와 가격 흥정까지 해준다. "당
신, 그건 너무 심하게 바가지 씌우는 거 아뇨? 일본에서 여기까
지 온 분들이 곤란을 겪고 있는데" 하는 뜻의 말을 몇 번인가 계
속해서 주고받는다. 결국 2만 5천 드라크마로 결론이 났다. 수도
사는 우리에게 너무 미안해하는 것 같아 보였다. "2만 5천이라
면 온다는데 어떻게 하시겠어요?"라고 우리에게 묻는다. 비싸기
는 하지만(엔화로 하면 2만 엔 정도) 체재 허가 문제도 있고 해서 그
배를 빌리기로 한다. "엔다쿠시(좋습니다)"라고 우리는 말한다.

한참이 지나자 주위에 그리스인(대부분은 이곳에 체류하고 있는 순
례자다)들이 모여들더니 이 일본인들이 2만 5천에 배를 전세 낸

140

모양이다, 하며 시끄럽게 얘기를 시작한다. 2만 5천 드라크마는 여기 사람들에게는 상당히 큰 금액이다. 그런 큰돈을 내고 배를 빌린다는 것을 믿지 못하는 것이다. 나리타(成田)에서 시내까지 택시를 타면 그 정도는 나온다고 가르쳐주고 싶었지만 얘기가 길어질 것 같아서 그만두었다. "생각보다 비싸지만 일 때문에 돌아가지 않으면 안 됩니다. 비행기도 놓치게 될 것이고"라고 적당히 설명을 해둔다. 그 말을 듣고서야 사람들은 조금 납득을 하는 것 같았다. 하지만 우리 얘기를 아마 앞으로도 몇 달 동안 화제로 삼을 것이다.

배가 올 때까지 그곳에서 햇볕을 쬐며 시간을 보낸다. 나는 전화를 해준 친절한 수도사의 안내를 받아 예배당 안을 구경했다. 이 예배당의 벽에도 역시 지옥도와 천국도가 가득 그려져 있다. 여기에도 여러 가지 모습을 한 처참한 순교가 있고 수난이 있다. 그는 매우 친절하게 예배당의 세부 설명을 해주었지만, 그리스어였기 때문에 세세한 부분은 알아들을 수 없었다. 하지만 근본이 친절한 사람이라 "이 성인은 눈을 도려내는"이라는 말을 할 때는 자신의 눈을 도려내는 듯한 동작을 취해주었기 때문에 어느 정도는 이해할 수 있었다.

그러는 동안 드디어 배가 도착했다. 제법 제대로 된 배다. 아무래도 페리가 시간 외에 임시로 와준 것 같다. 소위 선장의 개

선착장에서 올려다본 아기아 안나의 스키테 건물들.

인 아르바이트 같은 것이다. 여기에서 다프니까지는 한 시간, 그 곳에서 우라노폴리스까지는 두 시간이 걸린다. 배를 빌리는 데 2만 엔 정도라면 우리의 감각으로는 저렴하다. 부두에 있던 그리스인 부자父子가 만약 괜찮다면 배를 태워주지 않겠냐고 묻는다. 물론 태워준다. 마르고 그늘진 얼굴을 한 삼십대 중반인 아버지와 열 살 정도의 남자아이였다. 그들은 케라시아에서 왔는데 아토스의 수도원을 순례한 뒤 이제 디오니스우의 수도원으로 가는 길이라고 한다. 무슨 사정이 있는 듯 이상할 정도로 과묵한 부자였다.

배에 오르자마자 우리는 여행용 신발을 벗고 맨발과 팬티 차림이 되었다. 그리고 갑판에 드러눕는다. 도중에 디오니스우의 수도원에 들러 순례자 부자를 내려주고 다시 다프니로 향한다. 아토스에 들어가고 아토스에서 나오려면 반드시 다프니에 들러야 한다. 다프니에서 우리는 다시 긴 바지로 갈아입는다. 신의 정원에서 반바지는 불경스러운 것이다. 다프니에서는 간단한 허가증과 짐을 검사한다. 수도원의 보물 같은 것을 가지고 나오지 않았는지 조사하는 것이다. 하지만 그다지 철저하지는 않다. 체류 기한을 넘긴 것에 대해서도 이렇다 말이 없다. 서류를 훑어보더니 오케이, 한마디로 끝이다.

이것으로 우리의 아토스 여행은 드디어 끝이 났다. 우라노폴

아기아 안나에서. 소년과 아버지는 우리가 빌린 배에 함께 탔다.

배 위에서 본 디오니스우 수도원.

리스에 도착하자마자 우리가 제일 먼저 한 것은 타베르나에 들어가 차가운 맥주를 마음껏 마신 것이다. 맥주는 한순간 정신을 잃는 게 아닐까 싶을 정도로 맛있었다. 그리고 마음 내키는 대로 세속적인 식사를 즐긴다. 생선 수프와 감자튀김, 무사카_{양고기와 가지를 겹쳐 치즈소스를 발라 구운 그리스, 터키 요리}, 정어리, 오징어, 샐러드를 주문한다. 그리고 차에서 라디오 카세트를 꺼내와 비치보이스를 들으면서 천천히 식사를 한다. 리얼 월드다. 이제 누가 곰팡이가 핀 빵 따위를 먹을까 보냐 하고 생각한다.

그런데 며칠이 지나자 이상할 정도로 아토스가 그리워졌다. 사실을 말하면 이 글을 쓰고 있는 지금도 왠지 모르게 그곳이 그립다. 그곳에서 살고 있던 사람들과 그곳에서 본 풍경과 그곳에서 먹은 것들이 너무나 실감 나게 눈앞에 떠다닌다. 그곳의 사람들은 가난하지만 조용하고, 농밀한 확신을 갖고 살고 있다. 그곳의 음식은 단순하지만 생생할 정도로 실감 있는 맛으로 가득했다. 고양이조차 곰팡이가 핀 빵을 맛있게 먹고 있었다.

나는 처음에 쓴 것처럼 종교적인 관심이라고는 거의 없는 인간이고 그렇게 쉽사리 사물에 감동을 하지 않는, 굳이 말하자면 회의적인 타입의 인간이라 할 수 있다. 그런데 아토스의 길에서 만난 야생 원숭이처럼 지저분한 수도사로부터 "마음을 바꿔서 정교로 개종을 한 뒤에 오시게"라는 말을 들었을 때의 일을 묘하게도 너무나 생생하게 기억하고 있다. 물론 내가 정교로 개종하는 일 따위는 없을 것이다. 그러나 그 수도사의 말에는 이상한 설득력이 있었다. 아마 그것은 종교를 운운하는 것보다는 인간의 삶의 방식에 대한 확신의 문제라고 생각한다. 확신이라는 점에서는 전 세계를 찾아봐도 아토스처럼 농밀한 확신에 가득 찬 땅은 아마 없을 거라는 느낌이 든다. 그들에게 그것은 의심의 여지가 없는 확신에 가득 찬 리얼 월드인 것이다. 캅소카리비아의 그 고양이에게 곰팡이가 핀 빵은 세상에서 가장 현실적인 것 가운데 하나였던 것이다.

그렇다면 정말 어느 쪽이 현실 세계인가?

하루키의 짐은 이것뿐이다. 아기아 안나와 방파제에서.

아토스 산의 험준한 해안선을 걸어가는 하루키(프로드롬에서 캅소카리비아까지).

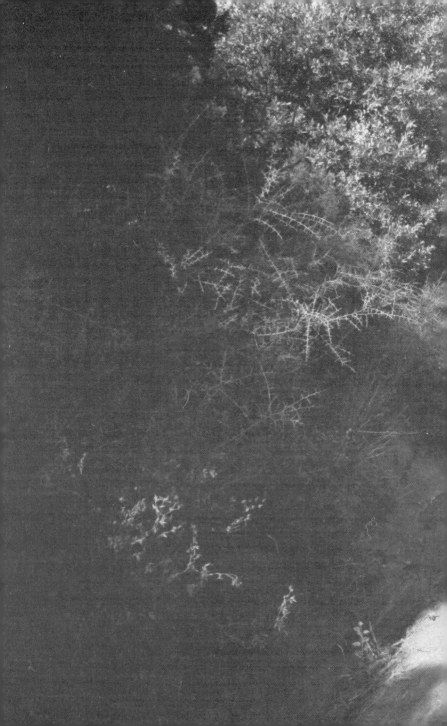

터키

차이와 군인과 양, 21일간의 터키 일주

마르마리스에 있는 터키의 모뉴먼트(기념물).

군인

터키는 군인이 많은 나라다. 전시체제하에 있는 국가를 제외하면 이렇게 많은 군인을 볼 수 있는 나라는 아마 없지 않을까. 그리고 군인뿐만 아니라 경찰도 많다. 좌우지간 제복을 입은 인간들이 너무 많다. 기지의 수도 많고 시내를 배회하는 군인들의 수도 많다.

그리고 터키에서는 군인과 경찰의 사진을 찍는 것이 엄격하게 금지되어 있다. 그래서 거리의 풍경을 찍을 때도, 원칙적으로는 우선 그곳에 군인과 경찰이 있는지 없는지를 먼저 확인한 뒤에 찍지 않으면 안 된다. 그러지 않으면 경찰이나 헌병대가 "잠깐 오시오" 하면서 끌고 가 조사를 하고 필름을 압수한다. 아무리 군인이나 경찰을 찍을 의사가 없었다고 해도 결과적으로 그 모습이 찍혀 있으면 불쾌한 일을 겪게 된다. 시간 낭비는 물론이고 기분도 상한다. 우리도 이스탄불에서 한 번 그런 일을 당한 적이 있다. 그들은 매우 진지하다.

뭐, 남의 나라 일이고 그만한 사정이 있을 테니 여행자의 눈으로 보고 단순히 이것저것 비판을 하는 것은 이치에 맞지 않을지도 모른다. 하지만 어째서 그런 사소한 것들까지 일일이 참견을 해야만 하는 것인지 나는 도저히 이해할 수가 없다. 우선 첫째로 우리는 근무 중인 군인을 찍은 것이 아니라 휴가 중인 군인의 사진을 찍었을 뿐이다. 두 번째로 그 해군 병사에게 사진을 찍어도 되겠냐고 물어보고 허락을 받은 뒤에 찍었다. 그들은 포즈까지 취해주었다. 그러자 그곳에 있던 사복 경찰이 다가왔고 마쓰무라 씨는 경찰서로 끌려갔다(그렇다, 마을에는 사복 경찰이 무척 많다). 다짜고짜 필름을 빼앗았다. 나는 이해할 수 없다. 어째서 휴가 중인 군인의 사진을 찍는 것이 군사 기밀과 관련이 있는 것일까? 그 행위로 인해 터키의 국익에 어떤 위협이 된다는 말인가?

어쩌면 휴가 중인 군인의 사진을 찍으면 그 제복을 통해 어느 부대가 휴가 중인지 알 수 있을지도 모른다. 하지만 이 하이테크 정보 전쟁시대에 이스탄불의 공원에서 햇볕을 쬐고 있는 해군 병사 제복의 사진을 찍은 뒤 그것을 단서로 부대 이동을 알아내는 귀찮은 짓을 도대체 누가 한단 말인가? 만약 정말로 그런 걱정을 한다면 그것이야말로 완전한 사대주의 히스테리라 할 수 있다. 나는 터키라는 나라를 상당히 좋아하는 사람으로서 감히 말하는데, 만약 서구의 많은 사람들이 터키에 대해 품고 있는

154

〈미드나잇 엑스프레스Midnight Express〉¹⁹⁷⁸ᵏ ᵏ ᵏᵏ ᵏᵏ에서 받은 편견과 어두운 이미지를 조금이라도 없애고 싶다면 터키는 이런 군사적인 히스테리를 가능한 한 빨리 없애는 편이 좋을 것이다. 일반 여행자는 그 이유가 무엇이건 간에 제복을 입은 인간이 지나치게 젠체하는 나라에는 호의도 경의도 갖지 않기 때문이다.

그리스에서 차로 에브로스 강을 건너 터키 영역으로 들어오자 공기가 완전히 바뀐 것이 피부로 느껴진다. 우선 군인들의 표정이 다르다. 눈빛이 번뜩거리고, 볼이 핼쑥하고, 머리는 스님처럼 바싹 깎여 있다. 그런 군인들이 자동소총과 기관총을 들고 무표정한 얼굴로 뚫어지게 이쪽을 노려본다.

물론 터키와 그리스 국경은 민감한 곳이다. 그리스와 터키는 견원지간이기 때문에 가끔 총격전이 벌어져서 양측의 군인이 죽는다. 사소한 분쟁은 자주 있는 일이고 그때마다 양국 신문의 기사 제목에는 애국적인 문구가 춤을 춘다. 한밤중 이란인 망명자가 에브로스 강을 건너 터키에서 그리스 측으로 넘어오려고 한다. 그리스는 고의적으로 망명자를 묵인한다고 터키를 비난하고, 터키는 그리스가 근거 없는 비난을 함으로써 군사적인 도발을 꾀한다고 비난한다. 그렇기 때문에 그만한 긴장감이 넘치는 것은 어쩔 수 없다. 그리스 측에서도 국경 부근의 군대를 자주 이동시킨다. 그러나 실탄을 장전하고 국경을 경비하는 그리스

그리스와 터키 간 국경을 통과하다.

병사들은 그렇게 심각한 표정이 아니다. 카메라를 들이대면 미소를 지으며 손을 흔들어준다. 탱크의 사진을 찍어도 전혀 화내지 않는다.

그러나 다리를 건너 한 걸음만 터키 쪽으로 발을 들여놓으면 사정은 급변한다. 여기 사람들은 너무나도 진지하다. 미소를 지으며 손을 흔들 만한 분위기가 아니다. 국경의 입국 절차 또한 엄격하다. 특히 우리는 장비를 완벽하게 갖춘 대형 미쓰비시 파제로를 타고 왔기 때문에 검문하는 데 시간이 걸렸다. 검문소가 여러 곳에 있는데 검문소마다 군인이 총을 겨냥하고 서 있다. 총구는 정확히 우리 쪽을 향하고 있고, 조금이라도 무슨 일이 생기면 당장이라도 쏠 것 같은 얼굴을 하고 있다.

물론 그들이 그렇게 되기까지에는 그럴 수밖에 없는 이유가 있다는 사실도 이해할 수 있다. 지리적으로나 역사적으로 보면 터키는 드물 정도로 일관되게 고독했던 나라다. 일찍이 광대한 영토를 가진 거대한 나라였고 20세기 초반까지는 주변 나라의 국민들을 군사적으로 가혹하게 지배한 만큼 그 과정에서 생긴 역사적 알력은 아직도 계속되고 있다. 우선 그리스와는 철저하게 사이가 나쁘다. 이것은 아마 회복이 불가능하지 않을까 싶을 정도다. 소련(구 러시아)으로부터는 오랜 세월에 걸쳐 고통을 받아왔다. 뼛속까지 원한이 서려 있는 느낌이다. 그러므로 반反 소련이라는 입장에서 나토NATO에는 가입했지만 EC유럽 공동체. 유럽연합 EU의 전신에는 가입하지 못하고 있다. 서구에는 터키를 신용하지 않는 공기가 짙게 흐르고 있고 이민에 있어서도 엄격한 태도를 취하고 있다. 몇 세기에 걸쳐 터키인들의 피로써 피를 씻는 격렬한 투쟁의 기억이 서구인들에게서 아직 지워지지 않고 있는 것이다.

뿐만 아니라 키프로스 문제에서는 국제적으로 완전히 고립되어 있다. 터키ㆍ키프로스의 독립을 승인하고 있는 것은 터키뿐이다. 이란, 이라크, 시리아 등 동남부 국경을 접하고 있는 나라들과 같은 이슬람 국가이면서도 영토 문제나 소수민족, 난민 문제에서 마찰이 끊이지 않고 있다. 결코 친밀하지 않다. 사실 우리가 동부 국경을 돌았을 당시에는 마침 쿠르드인 문제로 일촉즉발의 상태였기 때문에 일대에는 팽팽한 긴장감이 감돌고 있었다. 그리고 이 나라는 수많은 소수민족을 포함해 이루어진 다민족 국가이기 때문에 언제나 분리 독립 문제가 일어나고 있다. 항상 내분의 불씨를 안고 있는 것이다.

요컨대 이 나라는 어느 방향을 향해서도 마음을 놓을 수 없는 것이다. 정말로 절친한 친구도 없다. 그래서 언제나 다소간의 긴장 상태가 계속된다. 그렇기 때문에 이렇게 군인의 수가 많은 것이다. 그리고 원래 싸움을 통해 상대방을 때려눕혀 여러 가지 것

아르다한의 저녁 무렵, 한 소녀가 큰 빵을 가슴에 안은 채 서 있다.

이스탄불 갈라타 다리로 이어진 카라쾨이 선착장에서는 보트 위에서 생선을 팔고 있다.

들을 손에 넣어온 드센 기질을 가진 마초 기풍의 나라다. 그래서 군인이 국가적인 엘리트로서 강한 권력을 유지하고 있다.

　너무 부정적인 얘기만 늘어놓았나 보다. 하지만 나는 솔직히 터키의 군인 한 사람 한 사람에 대해 나쁜 인상을 갖고 있는 것은 아니다. 내가 조금 넌더리가 난 것은 그 경직된 체제와 사대주의, 관료주의 그리고 팽배한 마초 분위기의 군국주의이다. 군인 하나하나를 개인적으로 보자면 터키를 여행하는 동안 그들로 인해 기분 나빴던 적은 거의 없었다. 그들은 소박하고 인정이 넘쳤고 호기심이 왕성한, 즉 너무나 터키스러운 터키인들이었다. 멀리서 보면 거칠어 보이고 위엄이 넘치지만 곁으로 다가가 몇 마디 대화를 나눠보면 그들이 터키의 시골 청년들이라는 사실을 금방 알 수 있다. 그것은 그들의 얼굴을 보면 알 수 있다. 이렇게 말하는 것은 좀 그렇지만 돈이나 지성과는 그다지 인연이 없는 청년들이다. 그리고 지극히 아시아적인 얼굴을 하고 있다. 징병을 당한 것일지도 모른다. 어쩌면 별다른 직업이 없어서 군인이 된 것일지도 모른다. 어쨌거나 그들은 결코 영웅적인 타입은 아니라고 생각한다. 그리고 그들은—이것은 어쩌면 나이 탓일지도 모르겠지만—너무나 아이들처럼 보였다. 어울리지 않는 장소에 내던져진 아이들처럼 보이는 것이다.

몇 번인가 히치하이크를 하는 군인을 차에 태워준 적이 있다. 믿을 수 없는 얘기지만 터키에서는 복무 중인 군인이 히치하이크를 한다. 그들은 보통 둘이서 짝을 지어 기관총이나 지뢰 같은 것을 들고 뜨거운 햇볕이 내리쬐는 길을 뚜벅뚜벅 걷는다. 그리고 차가 오면 손을 들어 세우고 목적지까지 타고 간다. 우리는 처음에 군인이 손을 흔들기에 검문 같은 것인 줄 알고 당황하며 차를 세웠다. 하지만 대부분은 "기지까지 데려다주지 않겠나"라고 부탁할 뿐이다. 참 느긋한 군대다. 마침 같은 방향이었기에 태워주는 것은 전혀 문제가 되지 않지만 바닥에 내려놓은 기관총의 총구가 뒷덜미 쪽을 향하고 있기라도 하면 아무리 안전장치가 되어 있다고 해도(되어 있겠지?) 썩 유쾌하지만은 않다. 핸들을 잡은 손에 땀이 배어버린다.

하지만 그런 무기와 장비의 살벌함에도 그들은 이상하리만치 우리에게 공포감을 주지 않았다. 어느 쪽이냐 하면 왠지 그들에 대해 불쌍한 느낌이 들 뿐이었다. 그들은 우리 차에 타긴 했지만 언제나 매우 긴장하고 있었다. 설마 일본인이 운전하는 차에 타게 될 줄은 상상도 하지 못했던 것이다. 그들은 차 안을 굉장히 신기하다는 듯이 둘러보고, 라디오 카세트를 만져보고, 우리가 갖고 있는 카메라에 대해 저희들끼리 수군거리기도 했다. 그들의 눈 속에 긴장과 호기심이 뒤엉켜 극한 상태에 달한 모습이 백

미러를 통해 비쳐져 자꾸 웃음이 터질 정도였다. 만약 내가 터키 말을 할 줄 알았다면 혹은 그들이 영어를 할 줄 알았다면 좀 더 여러 가지 얘기를 할 수 있었겠지만, 아쉽게도 우리는 극히 단순한 터키 말과 영어로 아주 짧은 대화만을 나눌 수밖에 없었다. 그렇지만 담배 한 개비, 껌 하나로 그들과 잘 어울릴 수 있었다. 이런 느낌은, 이상할지도 모르겠지만, 그들은 아시아의 군인이었다. 그들은 내가 이제까지 보아온 미국이나 유럽의 군인과는 느낌이 전혀 달랐다. 나에게는 미국이나 유럽의 군인보다는 그들이 갖고 있는 생각이나 심정을, 비록 말은 통하지 않더라도 잘 이해할 수 있을 것 같았다. 그것은 같은 아시아 사람이기 때문이라는 단순한 이유만은 아니라고 생각한다. 그것은 그들의 눈 속에 뭔가 순수한 것이 — 혹은 왜곡되지 않은 것이 — 느껴졌기 때문이다.

우리가 '터키군' 이라는 단어에서 상상하는 것은 예를 들어 〈아라비아 로렌스〉에 등장하는 거칠고 잔혹한 군인일 것이다. 하지만 — 내 개인적인 생각이긴 하지만 — 그것은 유럽 사람들이 본 터키 군인이다. 하지만 일본인인 나의 눈으로 보자면 그들은 그다지 거칠지도 잔혹하게도 보이지 않는다. 평범하게 보인다. 그들은 어디에서나 볼 수 있는 평범한 시골 청년들인 것이다. 예전의 일본 군대와 같은 연령층의 청년들인 것이다. 무지

이스탄불에 있는 사진관의 윈도.

하고 소박하고 가난하고 고통을 참아내는 것에 익숙해 있다. 상관이 뭔가를 주입시키면 쉽게 믿어버릴 것이다. 만약 그런 상황이 닥친다면 그들은 거칠거나 잔혹하게 변할지도 모른다. 모든 나라의 모든 군대의 병사들과 마찬가지로. 하지만 지금 이렇게 큰 나토 소총을 메고 말보로를 맛있게 피우는 그들은 거칠지도 잔혹하지도 않다. 그저 어린아이일 뿐이다.

동부 국경에서 우리는 하루에 열 번 이상 검문을 당했다. 그때마다 군인들은 총을 들이댔다. 하지만 정말로 긴장한 것은 단 한 번뿐이었다. 그것은 베레모를 쓴 특수부대가 우리를 멈추게 했을 때였다. 그들은 일반 군대가 아니었다. 그들은 엘리트이며 진짜 프로였다. 우선 눈빛부터 다르다. 상대방을 발가벗길 것 같은 눈이었다. 그리고 유럽 사람들 같은 얼굴이었다. 터키의 아시아 쪽이 아니라 유럽 쪽 생김새를 하고 있었다. 냉정하고 푸른 눈이었다. 그들은 우리의 여권을 철저하게 확인했다. 행동은 예의 바르고 침착했다. 하지만 그것이 오히려 우리를 무섭게 만들었다. 바로 그 다음에 아시아 얼굴의 병사에게 검문을 당했을 때는 오히려 마음이 놓일 정도였다. 그는 나의 여권 따위는 잘 들여다보지도 않고 차 안을 신기하다는 듯이 힐끔힐끔 쳐다봤다. 그리고 "저기, 담배 없나?"라고 물었다. "없다"라고 내가 말하자 아쉽다는 듯이 한 번 씨익 웃으며 가도 된다고 신호를 했다. 대부분 그

이스탄불 갈라타 탑 부근.

런 식이었다.

도우바야즈트에서 반 호수로 향하는 도중 이란과의 국경에서 1킬로미터 정도밖에 떨어지지 않은 지점을 지났다. 이란 국경에 제일 근접한 지점이다. 이 부근의 경계는 이상할 정도로 엄하다. 쿠르드인의 월경越境과 밀수업자의 암약(이 주위에 사는 사람들의 본업이다), 난민 유입이 가장 빈번한 지점 가운데 하나였기 때문이다. 이 부근부터 하카리에 걸쳐서—터키인은 절대로 외국인 관광객에게 이런 얘기를 하지 않지만—군인이 게릴라에게 사살당하는 것은 그다지 드문 일이 아니라고 한다. 정말 검문이 많은 지역이다. 게다가 우리는 길을 잘못 들어서 정규 루트(라고는 해도 제대로 된 길도 아니었지만)를 벗어나 바위투성이의 국경 부근의 산길을 지나게 되었으니 큰일이었다. 얼마 가지 않아서 검문소가 보이고 자동소총을 손에 든 군인 두 사람이 길가로 튀어나왔다. 그리고 우리에게 총구를 들이대며 정차를 명령했다. 굉장히 긴장된 얼굴이다. 검문소보다 한 단계 높은 위치에는 모래주머니가 쌓여 있었고 기관총이 설치되어 있었다. 기관총의 총구도 우리를 향해 있었다. 일반 사람들이 지나가지 않는 길을 일부러 골라서 지나가고 있으니 의심을 사도 어쩔 수 없다. 아시아 얼굴의 군인이 무표정하게 우리의 여권을 가져가 그것을 검문소 안에서 조심스럽게 얼굴을 내미는 유럽형 얼굴의 중위에게 건넸다. 중위는 이십대 후반 정도로 보이는 약간은 피곤한 것 같은 지적인 모습의 사내였다. 머리가 헝클어져 있고, 눈은 졸린 듯한, 밤에 실컷 놀다가 방금 전에 돌아온 것 같은 얼굴을 하고 있다. 아무리 봐도 마초 타입은 아니다. 허리에는 커다란 자동권총을 차고 있었지만 그다지 어울리지 않는다. 중위는 우리의 여권을 한 장 한 장 넘기며 시간을 들여 조사했다. 그리고 우리에게 어디에 가는지 영어로 물었다. "반"이라고 우리는 대답했다. 그는 한동안 우리의 얼굴을 바라보더니 부하에게 뒷좌석의 짐을 조사하게 했다. 철저한 조사는 아니었지만 그렇다고 대충하는 조사도 아니었다. 모두 매우 복잡한 표정을 짓고 있었다. 얼굴은 굳은 채로 말이다. 중위는 이 일본인들을 어떻게 해야 좋을지 망설이는 듯했다. 그러면서 여전히 여권을 노려보고 있다. 병사들은 그의 명령을 기다리고 있었다. 병사는 전부 열 명 정도였다.

나는 갑자기 생각난 듯 "당신들의 사진을 찍어도 되겠느냐?"라고 중위에게 물어보았다. 이렇게 다들 긴장하고 있으니 오히려 이쪽에서 이렇게 친근하게 대하면 잘 풀리지 않을까 하는 생각이 들었기 때문이다. 이쪽이 긴장을 하면 상대방도 따라서 긴장하게 된다. 뭐 꼭 사진을 찍을 수 있기를 기대한 것은 아니다. 아마 "노"라는 대답이 돌아올 것이라고 생각했다. 이제까지 시험삼아 몇 번이고 군인에게 촬영 허가를 요구해봤지만 그때마다

이란 국경으로부터 1킬로미터 떨어진 지점에서 만난 터키 병사들.

거절당하기 일쑤였다.

하지만 내가 그 말을 꺼내자, '플레이보이' 중위는 의외로 활짝 미소를 짓더니 "아아, 사진. 좋아, 찍어"라고 말했다. 주위의 '아시아 얼굴' 군인들도 그 얘기를 듣자 모두 마주 보며 활짝 웃었다. 그것으로 그 자리의 분위기가 확 달라졌다. 검문이나 신원 조회 같은 것은 어디론가 날아가 버렸다. 나조차도 이렇게까지 효과가 있을 줄은 몰랐다. 그러니까 모두들 사진 찍기를 좋아하는 것이다. 이런 변방의 주둔지다 보니 상관이라고는 중위밖에 없고, 그 중위가 괜찮다고 하니 더 이상 아무것도 걱정할 것은 없다. 거칠어 보이는 하사관도 촌스러운 얼굴의 군인들도 모두 자동소총 따위는 주변에 내팽개치고 사이좋게 기념 촬영을 했다. 뒤에는 빨간 깃발에 달과 별이 그려진 터키 국기가 펄럭이고 언덕 너머 1킬로미터 앞은 이란 땅이었다. 물론 한 명은 중위의 명령에 따라 기관총을 사수하며 도로를 지켜야 했다. 아무리 그래도 모든 경비를 내팽개칠 수는 없으니까. 그는 매우 아쉬워했지만 감수할 수밖에 없다. 군대니까.

일단 기념 촬영이 끝나자 중위가 병사 중 한 명에게 차이를 가져오라고 명령한다. 일본 차와 비슷한 느낌의 차이가 나온다. 다른 병사가 의자를 가져온다. 아무래도 얘기가 길어질 것 같은 분위기다. 터키인과 개인적으로 관계를 갖게 되면 반드시 얘기가 길어진다. 대부분의 사람들이 인정이 많고, 호기심이 왕성한 데다가 시간에 대한 감각이 일본인보다 조금 희박하고 느슨하기 때문에 아무래도 얘기가 길어지는 것이다. 이 '플레이보이' 중위도 예외는 아니었다. 하지만 국경수비대에서 차를 대접받는 일은 거의 없을뿐더러 왠지 재밌을 것 같아서 일단 자리에 눌러앉아 차이를 마시기로 했다. 나와 마쓰무라 그리고 중위는 의자에 앉아서 차이를 마신다. 주위를 군인들이 빙 둘러싸고는 우리를 가만히 보고 있다. 여기서 영어를 할 줄 아는 사람은 중위뿐인 것이다. 그래서 우리와 영어로 대화를 나눈다는 행위 자체가 아무래도 그에게 있어서는 다른 병사들에게 권위를 보여주기 위한 좋은 기회인 것 같았다. 플레이보이 같은 얼굴을 하고 있어도 윗사람은 윗사람인 것이다. 실제로 다른 병사들도 '굉장하다!' 라는 느낌으로 솔직하게 감탄을 하며 지켜보고 있다. 터키군 장교들 중에는 인텔리들이 많아서 장교와 보통 군인과는 얼굴도 다르고 분위기도 다르다. 요컨대 '출생이 다르다' 라고 해야 할까. 중위도 금발에 키도 제일 컸다. 다른 군인들은 모두 까까머리였지만 중위 혼자 머리를 길게 기르고 있다. 다른 군인들은 모두 땅딸막한 이른바 '농부' 의 얼굴이다. 완벽한 계급사회인 것이다.

중위가 숙소에서 카메라 두 대를 가져온다. 미놀타와 니콘이다. 나는 잘 모르지만(나는 카메라에 대해서는 거의 모른다) 마쓰무라 씨의 말에 의하면 상당히 오래된 모델이긴 하나 그다지 나쁘지 않은 거라고 한다. 터키에서 그 정도 수준의 카메라를 두 대나 갖고 있는 것을 보면 역시 상당한 엘리트일 것이다. 그것도 아무리 둘러봐도 아무것도 없는 변방의 국경수비대에서 말이다.

"굉장하군요"라고 말하자 중위는 활짝 웃으며 좋아한다. 그런 칭찬을 듣는 것이 매우 기쁜 모양이었다. 환하게 웃자 나이가 좀 어려 보인다. 머리숱이 별로 없기에 이십대 후반으로 생각했지만 어쩌면 이십대 초반이나 중반일지도 모르겠다. 어쩌면 대학을 나오자마자 징병되어 이곳으로 끌려왔을지도 모른다. 대학 출신은 징병을 당해도 자동적으로 장교로 임명된다.

"내가 카메라를 좋아해서 말이야"라고 중위는 말한다. 그리고 그의 카메라 얘기는 마쓰무라 씨가 갖고 있는 카메라 얘기로 이어진다. 상당히 취미에 열중하는 사람인 모양이다. 이야기에 따르면 그는 이스탄불에서 태어났다고 한다. 아마도 부잣집 아들일 것이다. 그리고 이런 세상의 끝 같은 황량한 산속으로 끌려와 촌스러운 병사들과 매일 얼굴을 마주하고 있는 게 한없이 지긋지긋할 것이다. 그 기분은 충분히 이해할 수 있다. 사방 40킬로미터 안에 양치기 마을 외에는 아무것도 없는 곳이 아닌가. 게다가 게릴라가 자주 출몰하기 때문에 잠깐 저기 가서 쉴까? 하는 생각도 쉽게 할 수 없다. 틀림없이 이스탄불의 네온사인이 그리울 것이다.

잠시 후 얼굴이 조금 검은 시골형 병사가 다가와 우리를 향해 웃으며 "이치, 니, 산, 시(하나, 둘, 셋, 넷)"하고 일본어로 말을 건다. 무슨 말인지 들어보니 그는 가라테 연습을 하고 있다고 한다. "송도관류松濤館流^{근대 가라테의 시조라고 불리는 후나고시 기친이 창설한 가라테 유파의 하나}를 사 년 동안 해왔다"라고 한다. 마쓰무라 씨는 가라테 유단자인지라 "그럼, 품세를 조금 보여달라"라고 한다. 그래서 그 얼굴이 검은 병사가 대강의 품세를 보인다. "어때?"라고 내가 묻자(나는 가라테에 대해서도 거의 모른다) 마쓰무라 씨는 "지독한데요"라고 한다. "사 년이나 하고서 이 정도라면 구제불능이에요. 기본이 전혀 되어 있지 않아요"라는 것이다. 보다 못한 마쓰무라 씨가 그에게 품세 시범을 보이게 됐다. 본고장에서 온 일본인에게 가라테를 배운다는 것은 마치 미시시피 출신의 흑인에게 블루스 기타 치는 법을 배우는 것과 같은 일이다. 알란 라드^{서부 영화 고전인 〈세인〉의 주인공}에게 권총을 빨리 쏘는 법을 배우는 것과도 비슷하다. 그는 감동에 겨워 몸을 떨고 있다. 이런 변경의 수비대에서 앞으로 십 년을 기다린다고 해도 두 번 다시 일본인이 찾아오는 일은 아마 없을 것이다. "좀 더 허리를 낮춰"라든가 "다리를 좁혀, 급소를 차이지 않도록"이라는 말로 적당하게 일본어와 영어를 섞어 주의를 주면서 레슨을 하는 동안 시간은 삼십 분이 넘게 흘러가 버린다. 내가 슬슬 자리에서 일어서려고 하자 중위가 "저기, 차이 한 잔 더 하지 않겠나?"라고 권한다. 그는 아직도 얘기를 더 나누고 싶은 것이다. 송도관류의 병사도 좀 더 가라테를 배우고 싶어 하는 것 같았다. 하지만 그러다 보면 끝이 없기 때문에 자리에서 일어나기로 한다. 해가 저물기 전에 반에 도착하고 싶었고, 그리고 여차하면 자고 가라는 말이 나올 것 같았기 때문이다.

우리가 검문소를 떠날 때는 모두 일렬로 서서 너무나 열심히 손을 흔들어 배웅해주었다. 우리도 친근하게 손을 흔들며 헤어졌다.

아마 지금도 그 중위는 황야의 한가운데에서 너무나 재미없다는 얼굴로 국경 근무를 계속하고 있을 것이다. 그리고 그 시골 얼굴의 병사는 "하나, 둘, 셋, 넷"이라고 외치면서 매일 가라테를 연습하고 있을 것이다.

* * *

그 후로 또 한 장의 사진을 지중해의 이즈밀 군항에서 찍을 수 있었다. 잠수함이 정박해 있는 걸 보고 마쓰무라 씨가 시험삼아 카메라를 들이대니 경비병이 친근하게 손을 흔들어주었다. 사진을 한 장 찍자 더 찍으라고 했다. 잠수함은 그다지 성능이 좋아 보이지는 않았지만.

에게 해의 마을 이즈밀, 잠수함 위의 경비병이 손을 흔들어주었다.

빵과 차이

솔직히 말해서 나는 터키 요리와 잘 맞지 않는다. 우선 터키 요리는 무엇보다 고기 요리가 중심이다. 그것도 대부분 양고기다. 나는 평소에도 고기를 잘 먹지 않는데 양고기라니, 정말 나와 맞지 않는다. 그리고 기름진 것도 좋아하지 않는다. 채소 요리도 풍부하긴 하지만 레스토랑에 나오는 터키 요리는 모두 과다하게 조리되어 있어서 맛이 진하다. 그래서 야채의 원래 맛보다는 양념 맛이 더 진하게 느껴지는 경우가 많아 식당에 들어가 냄새를 맡는 것만으로도 식욕이 떨어질 정도다. 터키의 레스토랑은 한국 식당과 마찬가지로 한 걸음만 안으로 들어가도 독특한 냄새가 코를 찌른다. 그런 것을 좋아하는 사람에게는 참을 수 없을 정도로 매력적이겠지만 그런 것에 약한 사람에게는 참기 힘든 고통이다.

물론 나는 터키 요리의 질을 비방하려는 것은 아니다. 터키인들은 터키 요리가 세계에서 제일 맛있는 요리라고 진지하게 주장하고 있고, 어떤 가이드북을 읽어도 터키 요리의 다양한 폭과 수준 높은 질에 대해서 상당한 페이지를 할애하여 설명하고 있다. 예전에 나폴레옹 3세가 황후와 함께 이곳을 방문했을 때 오스만투르크 황제가 그를 만찬에 초대했다. 그 만찬을 즐긴 황후가 요리에 감동받아 수행하던 궁정요리사에게 "터키 요리사를 찾아가 이 음식의 요리법을 배워오라"라고 명령한 적이 있을 정도로 훌륭한 요리다(이 얘기에는 뭔가 빠뜨린 부분이 있었는데 그게 무엇이었는지 잊어버렸다). 어쨌거나 미안하긴 하지만 나와는 맞지 않았다. 요컨대 터키 요리의 질을 따지자는 것이 아니라 나와는 궁합이 맞지 않을 뿐인 것이다. 몇 번인가 레스토랑이나 로칸타 lokanta;터키 거리에서 흔히 볼 수 있는 대중음식점으로 가게에 줄을 서서 주문하는 셀프서비스 방식나 케밥치 kebapci;케밥 전문점으로 빵 속에 케밥을 넣은 것을 사가지고 가는 방식에 들어가서 시도를 해봤지만 소용없었다. 나뿐만 아니라 마쓰무라 씨도 마찬가지였다. 도저히 그 냄새에 익숙해질 수 없다고 했다. 반면에 둘 다 세계적으로 그다지 좋은 평판을 받지 못하는 그리스 요리는 그렇게 맛있게 먹었으니 이상하다면 이상한 일이었다.

처음에는 이스탄불에서 출발하여 흑해 연안을 돌았기 때문에 생선 요리로 버틸 수 있었다. 매일 생선 소금구이와 토마토 샐러드를 먹었다. 생선의 종류는 대부분 일본과 비슷하다. 고등어 비슷한 것부터 다랑어 비슷한 것까지 여러 가지다. 레스토랑에 들어가서 구워달라고 부탁하기도 했고 생선 가게에서 사다가 휴대용 가스레인지에 구워 먹기도 했다. 흑해 연안에 있는 트라브존이라는 마을의 생선구이 전문점은 상당히 독특하고 재미있었다. 일본의 소위 대중식당 같은 곳이었는데 동네 아저씨들이 데콜라(시트지 종류)를 입힌 테이블에 다 같이 앉아 모두들 묵묵히 생선을 먹고 있었다. 생선을 구울 때 나는 향긋한 냄새가 났다. 주문을 받으면 생선의 배를 가른 후 양쪽으로 벌려 구워준다. 생선구이 전문점이기 때문에 생선 요리 외에 다른 메뉴는 없다. 맛있을 것 같아 들어가 봤더니 정말 맛있었다. 뭐랄까, 쓸데없는 맛을 가미하지 않은 담백한 맛이다. 토마토 샐러드와 빵을 함께 먹었다. 가장 비싼 다랑어 맛과 비슷한 생선을 주문했더니 살이 튼실하고 길이가 30센티미터 정도는 되어 보이는 생선이 한 사람 앞에 한 마리씩 나와서 도저히 다 먹을 수가 없다. 반 이상을 남겼다. 마실 것을 시키고도 둘이 합해 800엔 정도였다. 터키에서 이 정도면 매우 비싼 가격이다. 유럽은 어디를 가나 그렇지만 아무리 해안 근처 마을이라도 생선 요리는 고기 요리에 비해 좀 더 비싸다. 잘 보면 주변에 앉아 있는 서민 아저씨들은(물론 이런 곳의 손님은 모두 남자들뿐이다. 종업원도 남자) 모두 150엔 정도의 전갱이 비슷한 것을 먹고 있었다. 그것도 매우 맛있어 보였다.

그런 식으로 흑해를 도는 동안에는 그래도 생선을 먹을 수 있

트라브존의 생선구이 전문점에서 저녁을 먹었다.

레스토랑 안은 오직 남자들뿐이다.

었다. 그러나 흑해 연안을 통해 소련 국경까지 갔다가 그곳에서 내륙을 향해 남하하자 사정은 어려워졌다. 전부가 양고기뿐이다. 어디를 봐도 양, 양, 양이다. 길을 걷다 보면 빈번하게 양과 조우하고, 정육점을 들여다보면 털을 벗긴 양이 매달려 있고, 레스토랑에 들어가도 양고기밖에 없다. 마을 전체에서 양 냄새가 난다. 화폐 대신 양을 쓰는 게 아닐까 싶을 정도였다. 그 정도로 양 중심의 문화이다.

"큰일이네요. 어떻게 하죠? 저, 양고기 못 먹거든요. 양을 먹으면 속이 이상해져요"라고 마쓰무라 씨가 말한다. 나는 속이 이상해지는 정도는 아니었지만 그 냄새만 맡아도 위가 쪼그라들어 버린다. 식욕도 전혀 생기지 않는다. 곤란하다. 이제부터 몇 주간은 터키를 돌아야 하는데 이래서는 몸이 남아나질 않을 것이다. 일본에서 가져온 식량이 차에 실려 있으니 아주 굶지는 않겠지만 그래도 한계는 있다. 설마 터키 요리가 이렇게까지 몸에 맞지 않을 줄은 예상도 못했다. 뭐 조금 힘들긴 하겠지만 어떻게든 되겠지, 하고 마음 편하게 생각했던 것이다.

그럼 직접 요리를 하면 되지 않느냐, 라고 말할지도 모르나 그렇게 간단한 일이 아니다. 식료품 가게에 들어가 봐도 그곳에 있는 것은 터키식으로 조리된 통조림뿐이다. 물건의 종류도 적었고 소위 서구적인 식품은 거의 보이지 않았다. 예를 들어 극히 평범한 콘비프 통조림을 사려고 해도 가게에서 팔지 않는 것이다. 이런 것도 예상 밖의 일이었다.

결국 터키 여행 중 우리를 어떻게든 버티게 해준 것은 빵과 야채와 치즈 그리고 차이였다. 내가 터키에서 제일 마음에 든 것, 그것은 빵이다. 그리고 차이하네(차이를 내놓는 카페). 터키의 빵은 말이 필요 없을 정도로 맛있다(어느 가이드북에도 그런 얘기는 한마디도 쓰여 있지 않았다. 이상한 일이다). 터키의 빵에는 크게 부풀린 보통 타입과 납작하고 흰색인 두 종류가 있는데, 둘 다 우열을 가리기 어려울 정도로 맛있다. 내가 여러 나라에서 지금까지 먹어본 빵 중에 평균적인 수준에서 보면 터키 빵이 제일 맛있지 않았나 생각된다. 특히 시골로 갈수록 더욱더 맛있다.

우리는 점심시간이 되면 눈에 띄는 빵집 앞에서 차를 세우고 갓 구운 뜨끈뜨끈한 빵을 사서(가마 앞에서 구워져 나오는 것을 잠시 기다리다가 사 먹는 정도가 최고) 그 주변에 앉아 빵을 먹었다. 버터가 있다면 더 바랄 것이 없겠지만 없어도 큰 문제가 되지는 않는다. 주변에 채소 가게가 있으면 신선한 토마토와 치즈를 사다가 함께 먹었다. 더할 나위 없는 진수성찬이다. 가끔 빵을 사 가지고 차이하네에 들어가 차이를 주문해 마시면서 빵을 먹는다. 원래는 안 되는 일이겠지만, 뭐 외국인이고 하니 딱히 불평의 말을 듣지는 않았다. 그리고 이 차이가 또한 너무나 싸다. 믿을 수 없

에게 해 연안의 작은 마을 아이와르크의 여학생.

이즈밀, 이른 아침 차이하네에서 파이프로 담배를 피우고 있는 남자들.

을 정도로 싸다. 예를 들어 하카리 근처의 뱌슈카레라는 세상의 끝처럼 황량하고 불친절한 마을(영화 〈셰인〉에 나오는 프런티어타운의 불친절한 느낌과 비슷하다)에서 크고 뜨거운 빵을 사서 옆에 있던 차이하네에 들어가 차이를 두 잔씩 마신다. 빵과 차이 각각의 값은 잊어버렸지만 모두 합쳐서 약 28엔이었다. 나쓰메 소세키의 소설 중에 "그것은 가격이 아니군"이라는 대사가 나오는데 이것이야말로 정말 '가격도 아니다'라고 생각한다. 물가가 싸기로 유명한 터키에서도 이 가격은 그야말로 압도적이었다.

터키를 여행하다 보면 하루에도 몇 번씩 차이하네에 들어가게 된다. 잠깐 휴식을 취하기에 편하기도 하지만 터키에 있다 보면 자연히 차이가 마시고 싶어진다. 몸이 차이를 원하게 된다. 어쩌면 기후 탓일지도 모른다. 어느 나라를 가더라도 조금 오래 있다 보면 그런 식으로 기호가 변하는 경향이 있다. 하지만 이탈리아를 여행했을 때 에스프레소가 마시고 싶었던 것보다, 그리스를 여행하다가 그리스 커피가 마시고 싶어지는 것보다 훨씬 더 강렬하게 우리는 차이에 끌렸다. 차이의 마력이랄까, 어쨌거나 우리는 뭔가 일이 있을 때마다 "그럼, 잠깐 저기에서 차이라도 한 잔 마실까" 하는 터키식 습관에 금방 물들어버린 것이다. 어딘가 마을에 도착하면 우선 차이를 마신다. 아침에 일어나면 차이를 마신다. 산책을 하는 도중에도 차이를 마신다. 운전을 교대할

커다란 빵이 놓여 있는 트라브존의 빵집.

트라브존 시장에서 차이를 나르는 소년이 사진 찍는 것을 보자 멈춰 섰다.

때도 차이를 마신다. 식사를 마친 뒤에도 차이를 마신다.

차이의 가격은 장소에 따라 다르지만 평균 한 잔에 10엔 정도가 아닐까 싶다. 한 잔을 시켜놓고 아무리 오래 있어도 상관없는 것 같다. 일본의 찻집과는 달리 부담 없는 곳이다.

차이하네는 기묘한 곳이다. 터키 전국의 차이하네에는 대부분 제일 눈에 잘 띄는 곳에 건국의 아버지이자 국민적인 영웅 무스타파 케말 아타튀르크의 초상이 벽의 가장 좋은 자리에 걸려 있다. 그러나 그렇다고 해서 사람들이 차이하네에 앉아 국가의 이익에 공헌할 만한 훌륭한 일을 하는 것은 아니다. 그들이 하는 일은 두 가지뿐이다. 세상 돌아가는 이야기와 도박이다. 대체 무슨 일을 해서 먹고사는 사람들인지 불분명하지만 나이 먹은 어른들이 아침부터 차이하네에 몰려들어 트럼프나 터키식 마작을 하거나 주절주절 수다를 떨고 있는 것이다. 물론 남자들뿐이다. 손님도 종업원도 모두 남자다. 여기에 여자가 들어온다면 문제가 생길 것은 뻔하다.

우리는 이방인이었지만 그 어떤 시골의 차이하네에 들어가도 그다지 싫은 기색을 하지 않았다. 그리스의 시골 카페니온에 가면 가끔 그곳에 몰려 있는 동네 아저씨들이 굉장히 차가운 눈으로 우리를 보곤 했지만(특히 그리스 관광지에서는 관광객용 카페와 현지 주민용 카페가 확실하게 구분되어 있어서 잘못 들어가면 분위기가 어색

카르스에서 남쪽으로 50킬로미터 떨어진 디고르에 있는 차이하네 입구.

해진다) 터키에서는 한 번도 그런 일이 없었다. 반대로 시골에서는 가게 주인이 신기해하며 공짜로 차이를 대접해주곤 한다. 옆 테이블 손님이 한턱을 내기도 했다. 대부분의 터키인은 친절한 사람들인 것이다. 단, 후자의 경우는 역시나 얘기가 길어질 염려가 있으므로 호의는 호의로 받아들이고 되도록이면 피하는 편이 현명하다.

나는 마쓰무라 씨가 촬영하고 있는 동안 자주 이 차이하네에서 터키식 마작을 구경하곤 했다. 터키 마작은 중국식 마작과 브릿지의 중간 정도라고 볼 수 있다. 숫자는 아라비아 숫자로 1에서 13까지 있고 패는 도미노 조각 정도의 크기로 종류는 빨강, 파랑, 노랑, 초록 네 가지 색깔로 나뉘어 있다. 이것을 2단의 목재 카드 랙에 쌓아 자기 앞에 놓는 것이다. 그리고 중앙에 놓여 있는 패를 하나 가져오고 자기 패 중에서 하나를 내놓는다. 마작과 똑같다. 하지만 버린 패는 점점 쌓여가기 때문에 이제까지 무엇을 버렸는지 알 수 없다. 패를 완성하는 자세한 원리는 아직까지 잘 이해할 수 없지만 어쨌거나 한 명이 패를 맞추어 완성하면 그것으로 게임은 끝난다. "헤헤헤, 미안하게 됐군그래", "젠장, 이번엔 패가 참 좋았는데"라는 식의 분위기도 일본의 마작과 똑같다. 화를 내고 패를 집어던지는 매너 없는 사람들도 있었다. 점수는 기록을 담당하는 사람이 득점표에 기입한다. 이것은 브릿지와 같다. 아마 돈도 조금 걸려 있을 것이다. 이런 마작을 차이를 마셔가면서 한없이 하고 있는 것이다. 아무리 보고 있어도 질리지 않는다. 나 말고도 뒤에서 지루한 기색 없이 구경하는 사람들도 있다. 이 세상 어디를 가도 인간의 행동이란 대부분 비슷한 것 같다.

계속 보고 있자니 옆에 있던 아저씨가 "일본에도 비슷한 게임이 있나?" 하고 물어왔다. "있죠"라고 대답하자 굉장히 기쁜 듯했다. 게임 한 판 해보겠냐는 소리가 나올 것 같아서 얼른 차이 값을 계산하고 나왔다. 아무리 그렇다고 해도 터키까지 와서 마작을 하고 있을 수는 없다.

아무튼 차이하네.

차이는 작은 유리잔에 나온다. 잔 아래에는 접시가 놓여 있다. 스푼도 딸려 나온다. 잔은 처음에는 손으로 잡을 수 없을 정도로 뜨겁다. 그것을 조금 식힌 뒤에 마신다. 처음에는 잔에 뜨거운 홍차를 따르는 것이 합리적이지 않다고 생각했다. 하지만 조금만 익숙해지면 잔 속에 담긴 뜨거운 홍차가 얼마나 아름다운 색을 지니고 있는지 알 수 있다. 바닥에 찻잎이 조금 가라앉아 있다. 나는 설탕을 넣지 않고 마시는 것을 좋아한다. 향긋하고 깔끔한 맛이 난다.

아이스티는 전혀 보지 못했다. 터키에서는 아무리 덥고 땀을

흑해 연안의 작은 마을에 있는 차이하네에서 게임을 즐기는 남자들.

트라브존의 차이하네에는 밤늦도록 트럼프에 열중하고 있는 남자들로 가득하다.

흘렸을 때라도 따끈따끈한 차이가 신기하게도 맛있다. 그다지 차가운 것을 마시고 싶다는 생각은 들지 않는다. 그늘에 들어가 후후 불어가면서 따뜻한 차이를 마신다.

차이는 원래 평범한 홍차에 불과하지만 그래도 신기하게도 차이는 차이일 뿐 홍차가 아니다. 어째서인지는 알 수 없다. 차이는 차이 맛이 나고 홍차는 홍차 맛이 나는 것이다.

터키

내가 터키 땅에 처음 발을 들여놓은 것은 정확히 칠 년 전 여름이었다. 그때 내가 간 곳은 크사다시라는, 에게 해를 바라보고 있는 터키의 항구 도시였다. 그곳에서 버스를 타고 유명한 에페소스 유적을 보러 갔다. 지독하게 더운 날이었다. 버스에는 에어컨이 장착되어 있지 않아서 우리는 굉장한 양의 땀을 흘려야 했다. "우리나라는 현재 석유가 부족하다. 그래서 버스에 에어컨을 다는 것이 금지되어 있다. 여러분도 그런 사정을 이해하고 잘 참아주길 바란다"라고 남자 가이드가 우리에게 설명했다. 그 당시는 오일 쇼크의 여파가 계속되던 시대였다. 이해는 한다고 해도 너무나 더웠다. 머리가 멍해질 정도였다. 유적을 본 뒤에 바다에서 조금 헤엄을 쳤다. 그리고 더 이상 터키에 머물지 않고 바로 그리스로 돌아왔다.

하지만 그때 이후로 나는 터키라는 나라에 대해 강한 흥미를 갖게 되었다. 왜 그런지는 나로서도 잘 알 수가 없다. 나를 끌어당긴 것은 그곳 공기의 질 같은 것이 아닐까 생각한다. 그곳 공기는 그 어느 곳과도 다른 뭔가 특수한 것을 내포하고 있는 것처럼 느껴졌다. 피부에 와 닿는 감촉도 냄새도 색깔도 그 모든 것들이 내가 이제까지 맡아왔던 그 어떤 공기와도 달랐다. 그것은 불가사의한 공기였다. 나는 그때 여행의 본질이란 공기를 마시는 일이 아닐까, 라는 생각을 했다. 기억은 분명 사라진다. 그림엽서는 색이 바랜다. 하지만 공기는 남는다. 적어도 어떤 종류의 공기는 남는다.

나는 그 뒤로도 오랫동안 그 공기를 기억하고 있었다. 그리고 그 공기 속에서 일어난 일상적이면서도 비일상적인(그것은 동전의 앞뒷면과 같은 것이었다) 몇 가지 일들을. 나는 그 후 많은 나라를 다녔고 그곳에서 여러 가지 다른 공기를 맡아왔다. 하지만 이상스럽게 느껴지는 공기의 질적인 차이는 다른 어느 곳의 공기와도 같지 않았다. 왜 터키의 공기가 그렇게 내 마음을 사로잡았는지 나로서는 설명할 수 없다. 그것은 설명할 수 있는 일이 아니기 때문이다. 그것은 다분히 일종의 예감 같은 것이다. 예감은 그것이 구체화될 때만 설명할 수 있다. 인생을 살다 보면 가끔씩 그런 예감이 나타날 때가 있다. 그렇게 많이는 아니다. **그저 몇 번쯤**.

그래서 나는 당연히 언제든 그곳을 다시 방문해보고 싶다고 생각해왔다. 다음번에는 천천히 오랜 시간에 걸쳐 터키를 여행

이스탄불 근교의 상공을 가득 메운 까마귀 떼.

하고 둘러봐야겠다고 생각하고 있었던 것이다.

하지만 좀처럼 터키에 갈 기회가 없었다. 그렇다고 갈 기회가 전혀 없었던 것도 아니다. 나는 그동안 그리스를 여러 번 방문했다. 이탈리아에서는 어느 정도 살기까지 했다. 그러므로 마음만 먹었다면 터키는 쉽게 갈 수 있었을 것이다. 몇 발짝만 발을 뻗으면 터키에 갈 수 있는 곳까지 몇 번인가 갔었다. 그러나 어차피 갈 바에야 어중간하게 가지 말고 시간을 충분히 들여서 터키라는 나라의 구석구석을 돌아보고 싶었다. 하지만 그러기 위해서는 그에 상응하는 준비를 해야만 했다. 우선 튼튼한 차와 튼튼한 파트너가 필요했다. 매우 험난한 여행이 될 테니 아내를 데리고 갈 수는 없다. 게다가 나는 그 여행을 위해 운전면허까지 따야만 했다. 기초적인 터키어도 배웠다. 터키에 대한 책도 많이 읽었다.

나와 이번에 동행한 사람은 포토그래퍼인 마쓰무라 에이조 씨다. 출발 예정일은 그가 결혼식을 올리고 난 일주일 뒤였지만 내가 얘기를 꺼내자 그는 흔쾌히 받아들였다. 그리고 우리는 차로 3주에 걸쳐 터키의 외곽을 시계 방향으로 일주했다. 사실은 안쪽으로도 들어가 보고 싶었지만 일정상 그렇게까지 할 수는 없었다. 터키는 넓은 나라인 것이다. 모든 것을 본다는 것은 불가능하다는 사실을 우선 인식해야만 한다.

터키를 여행하면서 제일 처음 느낀 점은 이 나라의 넓이와 다양함이다. '터키', '터키인'이라고 하면 보통 단일국가, 단일민족이라고 생각하기 쉽지만 실제로 돌아보면 그 지역마다의 큰 차이를 보고 놀라게 된다. 터키는 지형적으로 몇 가지 얼굴로 분명하게 나뉘어 있다. 그리고 각 지역에 따라 풍경도, 기후도, 사람들의 생활도 혹은 인종마저도 전혀 달라진다. 이것은 어디까지나 나의 개인적이자 주관적인 구분이므로 정확한 것은 아닐지 모르지만 우리 눈에 터키는 확연하게 다섯 부분으로 나뉘어 있는 것처럼 비쳐졌다.

순서대로 적어보자.

유럽에서 차를 몰고 가면 우선 유럽풍의 터키가 있다. 트라키아 지방이다. 이것이 첫 번째 터키. 지형적으로는 그리스 북부와 거의 다름이 없다. 경치는 동유럽에 가까울 듯. 사방을 둘러보면 메마른 해바라기 밭 위를 제비가 날아다니고 있다. 지루하고 재미없게 느껴지는 점도 동유럽적이지만 우선은 비옥한 토지가 눈에 띈다. 어디를 가도 밭이 펼쳐져 있다. 볼 만한 것은 거의 없다. 단조롭고 변화가 없는 데다 도로가 믿을 수 없을 정도로 곧게 뻗어 있어서 운전하는 사람은 잠과 싸우는 것이 제일 고역이다.

그리고 이스탄불이 있다. 이곳은 예외로 간주해서 터키의 얼

이스탄불의 부두, 갓 잡아올린 생선을 빵에 끼워서 팔고 있다.

이스탄불의 모스크(이슬람교의 예배당), 비둘기로 가득한 예니 자미의 에미뇌뉘 광장.

이스탄불에 있는 한 호텔의 살롱.

굴 안에 포함시키지 않는 편이 좋을 것이다. 많은 대도시가 그렇듯이 이곳은 특수한 장소다. 이스탄불에 가까이 갈수록 도로 부근의 풍경이 지루함에서 추악함으로 변해간다. 이스탄불로 통근하는 신新 중산계급을 위한 끔찍스러운 집합 주택과 전문 부동산업자가 지어서 팔아넘기는 주택들이 밀집해 세워져 있기 때문이다. 어느 나라를 가도 혐오스러운 풍경이긴 하지만 이곳은 특히 심하다. 어느 집이나 아파트를 봐도 새롭고, 싸구려 같고, 취향이라고는 전혀 없고, 획일적이다. 하얀 벽, 빨간 지붕, 모두 다 똑같다. 구획마다 보기 흉한 부동산 간판이 내걸려 있다. 모든 간판에는 너무나도 중산층다운 생활 모습이 그림으로 그려져 있다. 보고 있기만 해도 소름이 돋는 풍경이다. 차는 드디어 시내로 들어간다. 이곳은 교외와는 반대로 더럽고, 오래되고, 추잡하고, 제멋대로에다 엉망진창이다. 시끄럽고 더러운 공기가 꼭 패키지 여행 같다. 사람들이 너무 많고 차들은 위험하게 달린다. 신호등이 달려 있긴 하지만 거의 제 기능을 발휘하지 못한다. 거리에 배기가스도 심해서 시내를 걷고 있으면 기분이 나빠진다. 호텔 요금은 비싸고 레스토랑의 계산서는 언제나 조금 더 비싸게 나온다. 사람들은 모두들 융단을 팔아보려고 모여든다. 그 유명하다는 그랜드 바자에는 볼 것이라고는 하나도 없다. 그러나 야경만은 아름답다.

그리고 이스탄불을 뒤로하고 보스포루스 해협의 다리를 건너 아시아풍의 터키로 들어간다. 아시아 하이웨이를 따라 기분이 우울해지는 공업지대가 한동안 계속된다. 좀 더 우울해지고 싶다면 그 훌륭한 고속도로에서 앙카라를 향해 쭉 직진하면 된다. 하지만 방향을 왼쪽으로 틀어 우리는 흑해로 나아가기로 한다. 흑해 연안— 이곳이 두 번째 터키다. 이곳은 멋진 지역이다. 조용하고, 관광객도 적고, 풍경도 아름답다. 단, 에게 해 연안지대에 비하면 도로와 호텔의 질이 말도 안 되게 형편없다. 비가 자주 내리기 때문에 눅눅한 분위기의 땅이다.

그리고 시계 방향으로 소련, 이란, 이라크의 국경 방면이 제3의 터키다. 녹색지대가 많은 흑해에서 산으로 접어들어 산등성이를 넘으면 그곳은 이미 동부 아나톨리아 고원지대로 건조할 대로 건조한 중앙아시아풍의 터키다. 여러 민족이 패권을 다투며 이 땅을 짓밟고 지나갔다. 동쪽으로 혹은 서쪽으로. 긴장을 감추고 있는 땅이다. 경치도 기후도 꽤 살벌하다. 흙먼지투성이고 어디를 둘러봐도 양뿐이다. 도로와 호텔은 말할 것도 없다.

그리고 남쪽으로 내려와 시리아 국경지대에서 지중해에 걸쳐 있는 중부 아나톨리아, 이것이 제4의 터키, 아랍 색채가 진한 터키다. 호텔과 도로 사정은 **조금** 나아진다. 여름의 열기는 지긋지긋할 정도로 지독하지만 여성의 복장이 눈에 띄게 화려해진다.

동부의 디고르 부근에서 본 노상의 양 떼.

그리고 서쪽의 지중해와 에게 해 연안의 터키, 이것이 제5의 터키다. 여기까지 오면 경치는 환하게 밝아진다. 내륙 지방의 먼지 날리던 공기에서 해방된다. 사람들의 표정도 밝아진 듯한 느낌이다. 아름다운 해안이 펼쳐지고 고급 리조트가 여러 군데 있다. 세련된 요트 정박지가 있고 기념품 가게가 줄을 지어 서 있다. 터키 정부가 관광지로서 본격적으로 정비하고 있는 지역이다. 외국인 관광객과 중상류 계급의 터키인들이 우아하게 휴가를 즐기고 있다. 그런 곳이다 보니 당연히 물가가 비싸다.

그럼 터키의 그런 몇몇 지역 중에 어디가 가장 재미있었을까? 물론 제일 지독했던 동부 아나톨리아다. 그곳에 있는 동안 우리는 매일 매일 아침부터 저녁까지 화를 내고, 체력을 소모하고, 독설을 퍼붓고, 식은땀을 흘렸다. 보이는 마을마다 모두 지저분했고, 꼴사나웠고, 도로는 거의 대부분이 도로라고 부를 수도 없을 정도였다. 사람들의 생활은 보기만 해도 음산하고 끔찍했고 마을의 거리는 경찰과 군인과 소와 양으로 넘치고 있었다. 하지만 오해하지 말기를 바란다. 내가 너무 심하게 말하고 있는 것처럼 보일지도 모르겠지만 결코 악의를 품고 하는 말은 아니다. 나는 나 나름대로 이곳의 여행을 즐겼다. 즐겼다는 표현은 조금 과장일지도 모르지만—그러나 적어도 지루하지는 않았다. 재미있느냐 없느냐라는 관점에서 봤을 때 이곳은 재미있었다. 무척 재미있었다. 그곳에는 독특한 공기가 있었고 보람이 있었다. 사람들에게는 존재감이 있었고 그들의 눈은 살아 있는 빛을 내뿜고 있었다. 그것은 유럽이나 일본에서는 절대로 볼 수 없는 신선하고 폭력적인 눈빛이었다. 거기에는 이해하기 어려운 유보 조항은 없었다. '하지만'이나 '그러나'가 없는, 그곳에 존재하는 것 전부가 그 자체라는 눈빛이었다. 그곳에서 대부분의 일들은 예측이 불가능했고, 규칙은 대부분 허무 속으로 빨려 들어갔다. 성급히 말하자면 엉망진창이었다. 하지만 그곳에는 진정한 여행의 즐거움이 있었다.

확실하다. 너무나 재미있었다. 하지만 한 번 더 그곳에 가고 싶냐고 묻는다면, 지금으로서의 나의 대답은 "노"다. 뭔가 좀 더 확실하고 명확한 목적이 있다면 몰라도 그곳에는 한 번만 가면 충분하다는 느낌이 든다.

에게 해 연안은 정말 아름다운 곳이었다. 마음이 평온해진다. 햇살은 부드러웠고 바다는 깔끔하다. 하지만 그저 아름다운 해안에서 해수욕을 하는 것이라면—물가가 그리스의 섬에 비해 상당히 싸다는 메리트를 고려한다고 해도—일부러 터키까지 갈 필요는 없을 것이다. 혹은 적어도 무슨 일이 있어도 그것이 터키가 아니면 안 된다는 이유는 없을 것이다. 아나톨리아 고원을 둘러본 뒤 우리는 이 지역에서 매력다운 매력을 느끼지 못했다. 그

터키 동북부 마을 아르다한.

석회석으로 유명한 곳, 마르딘.

곳에는 풍경의 아름다움과 서구적 편리함이 존재했지만 그것뿐이었다. 내가 과거에 크사다시의 거리에서 맡았던 그 공기는 더 이상 그곳에는 없었다.

어쩌면 아나톨리아 고원에서의 체험이 너무나도 강렬했기 때문일지도 모른다. 우리는 새파란 지중해를 보면서 무심결에 안도의 한숨을 내쉬었다. 하지만 그것과 동시에 뭔가를 상실한 것 같은 기분이 들었다. 눈에 보이는 것, 손에 닿는 것들로부터 터키가 터키여야 하는 의미가 선명하게 전해져 오지 않는 것이다. 그리고 에게 해에서는 어디를 둘러봐도 독일인 관광객밖에 눈에 띄지 않았다.

만약 내가 다시 한 번 터키를 여행한다면, 그리고 어딘가 한 곳만 가야 한다면 나는 아마 흑해 연안을 선택하게 될 것이다. 그곳에서 특별하게 무슨 일이 있었던 것은 아니다. 뭔가 새롭고 신기한 것을 본 것도 아니다. 아나톨리아 고원에 비하면 그곳에서는 거의 아무 일도 일어나지 않았다고 해도 좋을 정도다. 하지만 어쨌거나 나는 이번 여행 중 이 지역에서 제일 느긋하고 편안하게 시간을 보낼 수 있었다. 그곳은 온화하고 조용한 곳이었다. 그리고 아무것도 없는 곳이었다.

흑해에 대해서 얘기하기로 하자.

흑해

카라데니즈— 터키어인 이 말은 문자 그대로 '검은 바다'다. 에게 해가 '흰 바다'라고 불리는 것과 대조적으로 흑해는 어디까지나 '검은 바다'인 것이다.

왜 검은 바다라고 불리는지는 실제로 가보면 알 수 있다. 그것은 모든 의미에서 검은 바다였다. 그곳에는 선명하게 내리쬐는 지중해의 햇빛은 없다. 우리가 찾아간 때는 아직 9월 중순이었지만 이미 가을빛이 넘치고 있었다. 아름답고 선명하기는 해도 선글라스가 필요 없는 조용하고 온화한 빛이었다.

빛뿐만 아니라 바다 그 자체도 온화하고 조용했다. 파도도 없고 바다라고 하기보다는 거대한 호수처럼 보였다. 해안에는 백사장이라고 할 만한 곳도 없다. 검은 자갈을 깔아놓은 해안선이 있을 뿐이다. 해안에는 물이 소리없이 오로지 밀려온다. 저 멀리 어선이 지나가면 갑자기 생각났다는 듯이 부드럽게 해면이 흔들린다. 그리고 다시 그 흔들림이 멈추면 정적이 찾아온다. 물은

흑해 연안의 시노프, 점심 전의 생선 가게.

시노프, 거울과 유리를 파는 가게에서 본 무스타파 케말 아타튀르크 초상화.

투명하다. 에게 해의 눈을 찌를 듯한 선명한 푸르름은 그곳에 없다. 그저 투명하다. 검은 자갈밭이 그 투명함의 바닥으로 끌려가는 것처럼 잠겨들고 수면에 비치는 빛 속에서 언제인지 모르게 사라진다.

우리가 여행한 곳 가운데 가장 온화한 얼굴의 터키였다. 그곳에는 동부 아나톨리아의 강렬함도 없고, 지중해·에게 해 연안의 서구적인 시끌벅적함도 없고, 트라키아의 단조로움도 없었다. 그곳에는 조용하게 가을이 내리고 있었고, 사람들은 밭에 흩어져 담뱃잎을 따고 있었다. 그들은, 아니 그녀들은—여자들이 더 많았다—아침에 트럭을 타고 밭에 와서, 저녁이 되어 하늘 위로 하얀 달이 떠오를 무렵이 되면 다시 트럭에 실려 마을로 돌아간다. 우리가 손을 흔들면 그녀들도 손을 흔들었다. 그녀들은 모두 작은 꽃무늬가 있는 색색의 몸뻬 같은 바지를 입고 머리에는 스카프를 두르고 있었다.

흑해 지방은 어느 가이드북을 봐도 제일 마지막에 소개되어 있고 내용도 제일 적다. 역사적인 유적도 다른 지방과 비교하면 적은 편이고 그나마 있는 것들도 매우 수수하다. 여름은 짧고 일 년 내내 이틀에 한 번은 비가 오기 때문에 비치 리조트로 개발하기도 어렵다. 산이 마치 바다를 밀어내는 것처럼 돌출되어 있고 지형의 많은 부분이 험준해서 도로 정비가 늦어지고 있다. 전망은 최고지만 도로는 상당히 험하다. 따라서 교통기관도 발달되어 있지 않다. 트라브존 외에는 그다지 매력적인 마을도 없다. 그러므로 일부러 이 지역을 찾아오는 관광객 수도 그리 많지 않다. 하지만 그만큼 사람들도 어딘지 모르게 느긋하고 인정도 많다. 일본으로 말하자면 산인지방山陰地方 돗토리, 시마네, 야마구치 현의 북부. 일본에서는 보기 드물게 산이 많은 곳과 분위기가 비슷할지 모른다.

우리는 이스탄불에서 동쪽을 향해 출발, 샤반자 호수 끝에 있는 사카루야 마을에서 고속도로를 벗어나 흑해 연안의 카르스라는 작은 마을로 나왔다. 이 도로 부근의 마을은 모두 아담한, 아니 불면 날아갈 것 같은 작은 시골 마을들이다. 일본에 전화를 걸 일이 생겨서 마을이 나올 때마다 차를 세우고 PTT(전화국)에서 국제전화를 걸어봤지만 한 번도 통화에 성공하지 못했다. 내가 "국제전화를"이라고 말하면 금방 "하유르(노)"라는 대답이 돌아온다. 이 부근에서는 상당히 큰 마을에 가더라도 일본까지 전화가 연결되지 않는다.

그곳에서 아마슬라라는 마을로 향하게 되는데 이 해안 부근의 길이 상당히 지독한 도로였다. 터키 사정을 잘 알고 있는 사람에게 흑해 연안의 도로는 지독해요, 라는 얘기를 들었기 때문에 나름대로 각오는 하고 있었지만 도로는 우리의 예상을 훨씬 뛰어넘었다. 산길이 계속되다가 갑자기 비포장도로가 돼버리기 일쑤

흑해 연안에 있는 마을 바흐라에서 국제전화를 걸다.

아마슬라의 호텔 앞에 모여든 아이들. 가운데가 하루키다.

동북부 아트빈에서 아르다한으로 향한 길 위에서.

고, 가끔은 길 자체가 갑자기 끊겨버린 경우도 있다. 지도에는 분명하게 길이 있는데 실제로는 중간 중간 도로가 존재를 감추는 것이다. 이런 사실에 정말 놀랐고 놀라는 것 이상으로 아주 곤란했다. 차에서 내려 바퀴 자국을 찾아보고 '아마 이게 길이겠지'라고 짐작하면서 주택의 뒤뜰이나 공장 부지 등을 가로질러 가다 보면 다시 길이 짠하고 나타나서 '아아, 다행이다'라고 한숨을 내쉬지만 이런 일이 여러 번 반복되면서 상당히 시간을 잡아먹었다. 세상에, 120킬로미터를 가는 데 두 시간 반이 걸리다니.

이스탄불에서 이런 곳까지 오면, '아아, 여기는 정말 터키구나' 하고 절감하게 된다. 그렇다고 불편하고 개발되지 않은 장소가 터키답다는 얘기는 아니다. 하지만 여기까지 와서야 겨우, 내가 처음 터키에 발을 들여놓았을 때 느꼈던 그 독특한 공기가 확실하게 피부에 와 닿은 것이다. 이스탄불에 도착해서도 물론 그것을 느끼지 못한 것은 아니었다. 하지만 그곳은 너무나 사람이 많고, 차가 많고, 배기가스가 지독하고, 소음으로 시끄러웠다. 나는 이스탄불에 사흘 동안 머무르면서 여러 곳을 돌아다녔다. 하지만 나는 발길을 멈추고 공기를 느낄 수 있는 여유조차 없었다.

그러나 흑해 지방으로 한 걸음만 발을 들여놓으면 그곳은 전혀 다른 별천지다. 우선 사람들의 표정이 달라진다. 눈빛이 살아 있다. 우리가 마을과 도시를 지나가면 어린아이들이 모두 달려 나와 손을 흔든다. 이 부근의 아이들은 거의 모두 까까머리여서 왠지 전쟁 직후의 일본 같은 풍경이다. 아마 지나가는 차를 보는 것도 그들의 오락 가운데 하나인 듯하다. 우리도 손을 흔들어준다. 하지만 계속 반복되다 보니 피곤해져서 손을 살짝 올리는 것으로 대신하게 되었다. 끝이 없는 것이다. 그리고 다음 날이 되자 살짝 미소를 띠기만 할 뿐 손도 거의 올리지 않게 되었다. 어린아이들뿐만이 아니다. 어른들은 손을 흔들지는 않았지만 모두들 길가에 내놓은 테이블에 둘러앉아 딱히 하는 일도 없이 지나가는 차를 느긋하게 바라보고 있었다. 길을 물어보려고 차를 세우기라도 하면 다들 우르르 몰려들어 이쪽이다 저쪽이다 하면서 경쟁하듯이 알려주었다. 정말 한가한 곳이다.

이 부근에는 담배 농가와 소가 많다. 터키치고는 드물게 양과 염소가 거의 눈에 띄지 않는다. 소들뿐이다. 도로 옆에서 방목되고 있는 소가 묵묵히 풀을 뜯고 있다. 지나가는 차는 적다. 트랙터와 담뱃잎을 실은 당나귀가 유유히 길을 걷고 있을 뿐이다. 잎을 너무 많이 실어서 당나귀의 모습이 거의 보이지 않을 정도다. 뒤에서 보면 담뱃잎 산이 저 혼자 걸어가고 있는 것처럼 보인다. 당나귀뿐만 아니라 아줌마와 젊은 아가씨들도 담뱃잎을 잔뜩 머

아마슬라에서 쿠르자시레로 가는 도중 우리 차를 보고 손을 흔드는 소년.

아트빈에서 아르다한으로 가는 길에서.

리에 이고 길을 걷고 있다.

바르틴 마을에 이르자 해가 완전히 저물어버렸다. 아마슬라까지 가는 길을 알 수가 없어서 주유소의 두 명의 젊은이에게 길을 물었다. 그러자 그들은 따라오라고 하더니 소형 트럭을 타고 도중까지 길 안내를 해줬다. 그리고 "이 길로 곧장 가면 돼요. 바이 바이"라고 말하고는 돌아갔다. 터키인들은 정말 친절한 사람들이다. 유럽에서 터키로 들어가면 처음에는 분명히 사람들의 응대에 당황하게 된다. 유럽인과 터키인들은 '친절'이라는 관념의 정의가 전혀 다르기 때문이다. 유럽에서도 길을 물으면 친절하게 가르쳐준다. 하지만 터키인의 친절함이란 것은 그런 수준에서 끝나지 않는다. 그들은 책임을 지고 마지막의 마지막까지 철저하게 길을 가르쳐준다. 차에 타고 있는 사람에게 길을 물어보면 차로 앞장을 서서 안내해주고, 길을 가는 사람에게 물어보면 우리 차에 냉큼 올라타서 그곳까지 안내해준다. 그리고 목적지에 도착하면—이따금 꽤 멀리까지 가곤 하는데—"여기예요"라고 말하고 성큼성큼 걸어서 되돌아간다. 이것은 일본인의 혹은 서구의 감각으로 보자면 이미 '친절'이라는 개념을 완전히 초월해버린 것이다. 솔직히 말해서 이런 식의 친절에 조금 질려버리기도 했다. 큰 도움이 되는 건 분명하지만 어떤 경우는 우리의 사고방식이나 예의에 맞지 않았다. 물론 이런 말을 하는 것은

쿠르자시레에서 아바나까지의 중간, 흑해를 따라 난 좁은 길.

그다지 좋은 일은 아니라고 생각한다. 왜냐하면 그것은 터키의 시골이라면 상식적인 범위의 친절이기 때문이다. 그들은 당연한 일을 하고 있을 뿐이다, 무상으로. 그러나 길을 물었는데 상대방이 아무 말도 하지 않고 갑자기 차에 올라탄다면 처음에는 좀 놀라게 된다.

아마슬라에서는 레스토랑 위에 있는 펜션에서 묵었다. 요금은 1인당 350엔이었다. 이곳에는 호텔도 없었고 주유소조차 없었다. 짧은 관광 성수기가 이미 오래전에 끝나서인지 우리 외에는 손님도 거의 없어서 8인용 방에서 둘이 잤다. 좁고 긴 복도처럼 생긴 방에 침대가 여덟 개 있는데 마음에 드는 침대를 써도 된다고 한다. 왠지 이상한 방이었다. 창문으로는 바다가 보였지만 그것은 이미 싸늘한 가을 바다의 모습이었다. 해가 지면 공기가 갑자기 싸늘해진다. 불과 일주일 전까지만 해도 에게 해에서 땀을 흘리며 새까맣게 그을린 몸으로 수영을 했는데 말이다. 뜨거운 물이 나와야 할 공동 욕실에는 찬물밖에 나오지 않는다. 하지만 너무 피곤한 탓에 불평을 하기도 귀찮아서 그냥 조용히 찬물로 몸을 씻었다. 아래층 레스토랑에도 사람의 모습은 보이지 않았다. 둘이서 생선구이를 한 접시씩 먹고, 화이트 와인을 한 병 마시고, 샐러드를 먹었다. 상당히 신선한 생선이었다. "혹시 유명한 흑해의 정어리는 없나요"라고 묻자 "정어리는 여름이 지나면 끝난다"라고 웨이터 소년이 말했다. 저녁식사의 값은 총 1,400엔이었다. 식사를 하고 난 뒤 마을로 나가보았지만 그야말로 아무것도 없는 마을이었다. 제일 큰 가게는 프로판 가스 가게로 가게 앞에 크기가 다양한 가스통이 쌓여 있었다. 윈도쇼핑을 하기에는 어울리지 않는 동네다.

아침에 일어나자 동네 아저씨들이 우리가 세워놓은 미쓰비시 파제로를 물끄러미 바라보고 있다. "이거 당신들 차인가"라고 묻는다. 그렇다고 대답하자 "보닛을 조금 열어주지 않겠나"라고 말한다. 열어서 보여주자 모두들 잡아먹을 듯이 엔진과 전기계통을 꼼짝 않고 응시한다. 그리고 열심히 그것에 대해 여러 가지 논평을 하기 시작했다. 이 사람들은 한번 차를 사면 자기 손으로 수리하면서 폐차가 될 때까지 사용하기 때문에(당나귀처럼 죽을 때까지 사용하고, 죽으면 가죽을 벗기는 것이 아닌가 싶을 정도다) 기계에는 꽤 환하다.

아마슬라에서 시노프까지의 길도 상당히 험한 길이다. 산이 바다를 향해 튀어나와 해안선은 거의 절벽으로 되어 있다. 카르스에서 시노프까지는 정말로 시골다운 지역이었다. 산과 산의 골짜기 틈에 틀어박힌 듯이 작은 마을과 어촌이 얼굴을 내밀고 있었다. 흑해의 서쪽 연안에는 산업다운 산업은 거의 없어서 이 근처 인구의 3분의 1은 독일로 돈을 벌러 나가 있다. 나도 베를

트라브존의 시장에서 만난 숄을 쓰지 않은 여성.

트라브존의 시장 한복판 소녀들.

린에서 터키인 거리에 가본 적이 있는데 그곳은 완전히 터키 그 자체였다. 그들은 독일 공장에서 일하고 터키에 귀중한 외화를 가지고 돌아온다. 그러므로 마을에 남아 농사를 짓는 것은 거의 노인이나 젊은 아가씨나 아이들이다. 가난한 곳이다. 하지만 신기하게도 그늘은 없다. 오히려 느긋한 분위기가 흐르며 여유 있어 보이기까지 한다. 편안하고 조용한 흑해의 풍경과 사람들의 사는 모습이 너무나 잘 어울린다고 생각할 수 있다.

시노프

특별하게 재미있는 마을은 아니다. 철학자 디오게네스가 태어난 장소로 유명하긴 하지만 전설과는 달리 실제로 디오게네스는 욕조 안에서 생활하지도 않았고 알렉산더 대왕도 만나지 않았다고 한다. 시노프는 터키의 최북단 마을이다. 볼 만한 것은 거의 없다. 퇴락한 항구와 성벽의 잔재가 남아 있다. 바람이 조금 쌀쌀하다. 이곳 호텔에서도 손님은 거의 보이지 않았다. 한밤중에 갑자기 정전이 되었다. 로비로 내려가 보니 프런트에 있던 남자가 스크루지 할아버지처럼 촛불 빛에 하루 매상을 계산하고 있었다. 그다지 마음을 따뜻하게 해주는 요소를 발견할 수 없는 마을이었다.

바흐라

여기에서 잠깐 쉬면서 점심식사를 한다. 은행의 경비원 아저씨에게 이 부근에 어딘가 맛있는 로칸타는 없냐고 물어보자 역시 "따라오라"는 말을 하더니 그대로 걷기 시작했다. 할 수 없이 그 뒤를 따라갔다. 십 분 정도 걸었던 것 같다. 아저씨는 어떤 가게 앞에 서서 "여기"라고 말했다. "고맙다"라고 하자 "천만에" 하면서 돌아간다. 그의 친절함에는 그저 감사할 따름이지만 대체 그 사이에 은행에 도둑이 들기라도 하면 어쩌려고 그러는지 걱정이 되었다. 그건 그렇고 그 가게에는 케밥과 양고기가 잔뜩 들어간 파이밖에 없어서 양고기 냄새에 비위가 약한 우리들은 그만 입을 다물 수밖에 없었다. 파이는 갓 구워내어 따끈따끈했지만 고기는 덜 익었고 향신료는 너무 들어가 있었다. 하지만 그 동네 사람들 사이에서는 인기 있는 가게인 것 같았다. 모두들 "맛있나?", "맛있지?"라고 말을 걸어오는 통에 남길 수도 없어서 맛있어 보이는 얼굴을 하고 전부 먹어 치웠다. 맥주를 주문했더니 아니나 다를까 맥주는 없었다. 결국 그다지 시원하지도 않은 콜라를 마실 수밖에 없었다.

바흐라 마을 옆에는 강이 흐르고 있었고 그 끝은 바다까지 긴 곶으로 되어 있다. 강을 따라 한동안 내려가면 길이 없어진다. 하지만 바퀴 자국을 발견하고 그것을 따라가 얕은 물길을 건너

수멜라 사원 유적, 트라브존에서 약 50킬로미터 남쪽에 있는 숨겨진 기독교 사원.

면 앞에는 신비한 느낌의 전원 풍경이 펼쳐져 있다. 길은 군데군데 파인 구멍투성이의 진흙길이다. 가끔씩 농가가 보였지만 나머지는 그저 테이블처럼 평평한 토지가 펼쳐져 있다. 토지는 너무나 비옥해 보였고 수목과 풀의 녹색이 선명했다. 양 떼와 소, 오리들이 천천히 길을 가로질러 건너고 있었다. 물웅덩이와 같은 습지도 있었다. 25킬로미터 정도의 길을 가면서 만난 것은 개를 데리고 있는 양치기 한 명뿐이었다.

길이 끝나는 지점에는 흑해치고는 보기 드물게 멋진 백사장이 펼쳐져 있었다. 그리고 백사장 건너편에는 조용하게 잠든 흑해가 펼쳐져 있었다. 그 앞으로는 아무것도 보이지 않는다. 곧장 가면 소련이 나올 것이다. 그리고 이곳에는 아름다운 등대가 있다. 바람이 강하게 불었고 바닷가 풀숲은 희미하게 소리를 내면서 흔들리고 있다. 겨울을 지낼 준비를 하는 듯 등대 근처에는 땔감으로 쓸 검은 목재들이 쌓여 있었다. 개 짖는 소리도 들렸다. 하지만 어디를 둘러봐도 사람의 모습은 보이지 않는다. 에게 해에서 차로 반나절 거리밖에 되지 않는데, 전혀 다른 세계에 와버린 것 같은 느낌이 든다.

삼순

인구는 25만, 교통의 요지로 흑해 최대의 도시다. 공항도 있다. 하지만 전혀라고 말할 정도로 재미라고는 없는 곳이다. 그저 크고 시끄러울 뿐이다. 제대로 된 호텔도 몇 군데 있다. 이곳에서 하룻밤을 잤는데 그냥 잠시 머물다 가는 도시였다. 저녁에 도착해서 다음 날 아침 일찍 출발했다.

트라브존

이곳은 비잔틴 시대의 자취가 남아 있는 상당히 재미있는 도시다. 콘스탄티노플이 함락되고 동로마제국이 멸망한 뒤에도 이 도시만은 기독교도들이 지배하는 트레비존드 왕국으로서 한동안 살아남았다. 오래된 거리가 아직 남아 있다. 하지만 이곳에서 내가 기억하는 것은 역사와는 그다지 상관없는 것뿐이다.

한밤중에 두 명의 경찰이 술 취한 청년에게 폭행을 가하고 있었다. 이유는 모른다.

새벽 다섯 시 모스크의 첨탑(미나렛minaret)에 달린 확성기에서 흘러나오는 기도 소리에 깨어났다. 설마 확성기로 새벽부터 기도를 하리라고는 상상도 못했기 때문에 처음에는 그 소리가 대체 무엇인지 파악하는 데 어려움을 겪었다. 스피커의 음량은 일본 우익의 선전 차량 정도이다. 그것이 첨탑 꼭대기에 네 개, 네 방향을 향해 달려 있다. 그러므로 느긋하게 아침잠을 즐기고 싶다면 모스크 근처의 호텔에 묵지 않는 편이 좋다.

트라브존의 집들.

수멜라 사원 유적.

아침식사를 한 뒤 거리를 산책하다 보니 구두닦이 소년이 다가와 나의 하얀 운동화를 닦게 해달라고 한다. 하얀 운동화를 대체 어떻게 닦는다는 것인지 흥미로웠지만 운동화를 버리면 곤란할 것 같아서(아마 그랬을 것이다) 거절했다. 터키라는 나라의 어느 부분은 좋든 싫든 확실히 나의 상상력을 능가한다. 그리고 트라브존은 구두 가게가 아주 많은 거리였다.

호파

트라브존 근처의 바닷가에서 이란인 일가를 알게 되었다. 두 쌍의 부부가 두 대의 차로 여행을 하고 있었다. 어린아이들도 있었는데 여자아이는 사람을 잘 따르고 예뻤다. 차는 두 대 모두 꽤 오래된 것으로 차체가 울퉁불퉁 찌그러져 있었다. 번호판에는 테헤란이라고 씌어 있다. 용케도 테헤란에서 여기까지 왔구나, 하고 감탄했다. 머리가 조금 더 벗겨진 남자가 찌그러진 차체를 가리키면서 "이건 이스탄불에서 당한 거야"라고 변명하듯 말한다. 당신도 조심하는 게 좋을걸, 터키인의 운전 매너는 최악이거든. 이스탄불 거리에서 누군가가 내 차를 들이받아 신고하러 경찰서에 갔었지. 그런데 그새 누군가가 내 차의 반대쪽을 들이받았더라고. 여기, 이쪽이야, 너무하지? 정말로 조심하는 게 좋아. 터키에 온 건 처음인가? 나는 비즈니스맨이라 일 년에 반 정도는 터키에 살아. 일 때문에. 지금은 휴가지. 이렇게 식구들과 여행을 하고 있는 거야. 에게 해? 그쪽은 안 가. 물가도 비싸고 복잡하니까. 흑해가 좋지. 무엇보다 물가가 싸. 조용하고 느긋하게 보낼 수 있지. 지금부터는 어디로 가려고? 반 호수? 그럼 이란까지 오지 그래. 좋은 곳이야. 전쟁? 괜찮아. 끝났어. 이제 평화롭다고. 여권이 없어도 쉽게 들어갈 수도 있고 말이야.(이것은 거짓말이었다.) 좋은 곳이야.

그리고 우리는 모두 함께 기념사진을 찍었다.

다음 날 트라브존 거리를 산책하다가 우연히 다시 그들을 만났다.

당신들은 어느 호텔에 묵고 있나? 방 값은 얼마였어? 흐음, 그거 비싼데. 우리는 스위트룸을 빌렸는데 ○○리라였어.(확실히 우리 방 값의 반액이었다.) 뭐, 우리는 매니저랑 개인적으로 친하니까, 그래서 그렇게 해준 것도 있지만 말이야.(그럼 어쩔 수 없겠지만.) 어쨌거나 즐거운 여행이 되길…….(고마워.)

트라브존에서 소련 국경까지는 지금까지에 비하면 상당히 길이 좋았다. 소련 국경에 부대를 신속하게 보내기 위한 배려가 아닐까 추측이 된다. 실제로 이 길을 오가는 지프나 군인 수송차를 자주 보았다. 도로를 따라 가끔 해수욕하기 적합한 해안이 있다. 몇 번인가 그런 곳에 차를 세우고 헤엄을 쳤다. 수도가 있으면 그곳에서 국수를 삶아 먹기도 했다. 흑해 연안에서 국수를 먹는

흑해 연안의 캠프지에서 만난 이란인 일가와 기념 촬영.

다는 것도 상당히 정취가 있었다. 내 생각이지만 국수라는 것은 어딘지 모르게 기묘한 음식이다. 어디에서 먹든지 간에— 일본 외의 어디에서 먹든지 간에, 라는 것이지만—정말 멀리까지 왔구나 하는 생각이 들게 한다. 흑해에는 거의 파도가 없기 때문에 수영을 하기 쉽다. 마치 아침에 수영장을 혼자 빌려서 헤엄을 치는 것 같은 기분이다. 물도 깨끗하고 기분도 좋다. 물은 보기보다 훨씬 따뜻하다.

트라브존에서 호파까지의 지역을 '터키의 샹그릴라'라고 부르는 사람도 있다. 해안 도로에서 한 걸음 산 쪽으로 들어가면 그곳은 자욱한 안개 속이다. 봉우리에는 구름이 걸려 있고 수목이 우거져 있다. 아름다운 계곡물이 흐르고 돌다리가 놓여 있다. 작은 마을의 집들은 나무와 기와로 만들어져 있다.

이 부근은 이아손이 인솔하던 아르고인들이 황금 양을 찾아서 왔던 것으로 유명한 콜키스 왕국이 있었던 땅이다. 이아손은 여기에서 그에게 첫눈에 반한 왕녀 메데이아의 인도로 양을 손에 넣은 뒤 무사히 그리스로 귀환한다. 그러나 비극 〈왕녀 메데이아〉에서 나오는 대로 이아손은 나중에 자신의 영달을 위해 메데이아를 배반하고 다른 여자를 선택한다. 나라를 버리고 남편에게도 버림받은 메데이아는 이국땅에서 비운의 최후를 맞이하게 된다.

이곳에는 그 콜키스 왕국의 후예라 할 수 있는 라즈 족들이 살고 있다. 라즈 족은 금발에 눈이 파랗고 독특한 풍속과 습관을 지켜오고 있다. 책에 의하면 라즈 족 사람들은 '자립심이 강하고 에너지가 넘치는 스타일에 건조한 유머 감각을 갖고 있기 때문에 터키인들 중에서도 유달리 이채를 띤다. 또한 그들은 메데이아의 혈통임을 입증이라도 하듯 고향을 떠나 새로운 운명을 개척하려는 성향을 갖고 있어서 터키 부동산업자들의 태반은 라즈인들이다. 또한 그들은 터키의 제빵업계를 한 손에 쥐고 레스토랑 경영 분야에서도 활약하고 있다'.

부동산업자와 제빵업자라는 구성은 상당히 독특하고 유쾌하다. 아마 장례식이 열리면 제빵업자와 부동산업자들만 한집에 모일 것이다. 그러나 그렇게 맛있는 터키의 빵을 만드는 것을 보면 아마도 뛰어난 인종이 아닐까 하고 나는 추측해본다.

우리는 그다지 이 라즈인들이 있는 산속을 열심히 탐색하지는 않았지만 조금 해안을 벗어나서 산으로 들어가면 '샹그릴라'까지는 아니더라도 마치 알프스에 온 것 같은 광경과 종종 마주쳤다. 푸른 숲과 개울이 많고 집의 구조가 전혀 터키 같지 않기 때문이다. 맞배지붕 아래에 통나무를 사용한 오두막풍의 구조다. 이처럼 사치스럽게 나무를 사용한 집들은 터키에서는 보기 드물다.

비가 많이 오는 기후는 생산에 적합하기 때문에 이 부근은 홍차 산지로서 유명하다. 터키의 홍차 생산은 결코 긴 역사를 자랑하지 않는다. 터키에서 홍차를 생산하기 시작한 것은 19세기 때의 일이다. 하지만 지금은 커피 대신 홍차가 터키인들의 국민적인 음료가 되어버렸다. 커피 가격이 세계적으로 오른 것이 전환의 큰 이유다. 어쨌거나 터키인들이 차이하네에 앉아서 수다를 떨고 도박을 하면서 아침부터 저녁까지 맛있게 마시고 있는 차이의 대부분은 이 지역에서 만들어지고 있다. 마을에는 홍차 공장이 있고 큰 굴뚝에서는 뭉게뭉게 검은 연기를 내뿜고 있다. 나는 홍차 공장에 굴뚝이 있다는 사실을 그때까지 몰랐었다. 대체 홍차라는 것은 어떻게 만들어지는 것일까? 수수께끼다. 홍차 공장의 비밀.

이 부근에 여자들은 모두 숄 같기도 하고 스카프 같기도 한 천을 머리에 뒤집어쓰고 있다. 큰 도시의 시장에 가면 농가에서 채소를 팔러 온 듯한 여자들이 모두 이런 숄을 쓰고 땅바닥에 앉아 있다. 여든은 되어 보이는 할머니부터 젊은 유부녀까지 다양한 여자들이 있다. 숄은 아무런 무늬가 없는 하얀색 가제 같은 것과 무늬가 있는 두 종류가 있다. 무늬에도 꽃무늬처럼 화려한 것과 화살촉 무늬 같은 수수한 것까지 있다. 여기에는 뭔가 규정이 있는 것인지 아니면 그저 개인의 취향에 따라 선택하는 것인지 나

호파 근교, 통나무를 사용해서 만든 오두막풍의 집.

로서는 알 수가 없다. 쓰는 방법에도 몇 가지 종류가 있다. 머리만을 둘러싼 간단한 것에서부터 눈만 내놓고 나머지는 미라처럼 빙글빙글 감싼 헤비 듀티Heavy Duty한 것이 있다. 사람마다 감는 방법이 모두 다르다. 아마 이것은 각자의 세계관이 급진적인지 보수적인지에 따라 달라지는 것이 아닌가 생각한다.

이 농가의 여성들은 몇 명씩 무리를 지어 앉아 있다. 아마 이웃사촌이거나 시어머니와 며느리 관계 같다. 그리고 앞에는 파, 토마토, 콩, 피망, 마늘 같은 것이 들어 있는 바구니를 늘어놓고 있다. 같은 무리끼리 같은 무늬의 숄을 두른 여자들도 있다. 이곳 시장에서는 장사하는 사람은 거의 대부분 여자다. 그래서인지 분위기도 밝다. 참고로 반 호수 근처 마을의 시장에 갔을 때는 파는 사람도 사는 사람도 모두 남자였다. 저녁 준비를 위해 장을 보는 사람들로 북적거리는 시장에는 모두 어두운 얼굴을 한 아저씨들뿐이었다. 이것은 누가 뭐라 해도 그다지 유쾌하지 않은 광경이다.

하지만 여기는 그렇지 않았다. 그중에는 상당히 아름다운 젊은 새댁도 있다. 그만큼 여자들이 모여 있다면 얼마나 시끄럽게 수다를 떨까 하고 상상하기 쉽지만 전혀 그렇지 않다. 모두들 조용히 바닥에 앉아 진지한 얼굴로 묵묵히 채소를 팔고 있다. 일본 다카야마의 아침 시장^{기후 현에 있는 유명한 아침 시장}처럼 "아줌마, 오늘은 무

트라브존의 시장에서 숄을 쓰고 장사를 하는 여인들.

가 좋다니까! 일단 사봐요!"라는 말도 없다. 여성이 사람들 앞에서 큰 소리를 내거나 입을 크게 벌리고 웃거나 피부를 노출하는 행동은—일본 여자들이 평소에 아무렇지도 않게 하는 행동은—터키에서는 매우 수치스러운 일인 것이다. 마쓰무라 씨가 한 여성의 사진을 찍으려고 하자 심하게 저항했다. 결국 어디에선가 남편까지 뛰쳐나와 "여보, 뭐가 어때서 그래. 사진 정도는 찍게 해주라고"라며 설득을 해도(터키인들이란 정말 친절하다) 결코 고개를 끄덕이지 않았다. 상당히 완고한 생각을 가진 여성이었던 것 같다.

호파

호파는 흑해의 가장 동쪽 끝에 위치한 마을이다. 30킬로미터만 더 가면 소련 국경. 이 앞으로 더 이상 호텔은 없다. 여기에는 대여섯 개의 호텔이 있지만 다들 비슷비슷하다. 대동소이. 거기서 거기. 호텔이라기보다 간이 숙박소라고 하는 편이 맞을 것이다. 우리가 묵은 곳은 비교적 나은 편이었는데 그래도 가격은 1인당 300엔 정도였다. 1인용 방이었고, 닳아서 딱딱한 판자 같긴 하지만 담요도 깔려 있다. 1.5평 정도의 넓이에 천장에는 알전구도 매달려 있었다. 침대에 누워 전등을 바라보고 있자니 인간은 나약하고 인생은 유한하다는 생각이 문득 들었다. 호파는

호파 근교의 산길에서 손을 흔드는 누이와 동생.

호파의 유원지와 관리인이 사는 텐트.

그런 식으로 사람의 기분을 애잔하게 만드는 마을이었다.

창문 밖으로 바닷가에 만들어진 빈약한 유원지가 보였다. 석양의 하늘을 배경으로 관람차가 마치 압류당한 물건처럼 쓸쓸하게 서 있었다. 빙글빙글 돌아가는 로켓 같은 것도 있었다. 사격장, 포장마차 등 싸구려 유원지가 갖추어야 할 것들을 모두 갖추고 있었다. 모두 현란한 색으로 칠해져 있다. 그 건너편에는 그저 회색으로 희미해져 가는 망막한 흑해가 있다. 아마 여름날 저녁에는 나름대로 사람들도 북적거리고 신나는 음악도 울려 퍼질 것이다. 하지만 지금 흑해의 초가을 저녁 무렵에는 그것은 그저 보는 사람의 마음을 가라앉게 할 목적으로 만들어진 거대한 오브제처럼 보인다.

구석 쪽에는 유원지를 관리하는 일가가 사는 듯한 텐트가 있었다. 안에서는 텔레비전을 틀어놓았는지 푸른빛이 깜박깜박 흔들리고 있었다. 음식을 만드는 냄새도 났다. 텐트 주위에는 닭들이 목적지도 없이 신경질적으로 돌아다니고 있었다. 하필이면 이런 곳에서 닭으로 태어난다는 게 대체 어떤 기분일까, 하는 생각이 문득 들었다. 그런 생각을 해봤자 어쩔 수 없겠지만.

이 호텔의 프런트에는 슬픈 표정의 젊은 남자가 있었다. 로비는 2층에 있는데(1층은 차이하네로 되어 있다) 중년으로 보이는 두 사내가 비닐 소파에 앉아 텔레비전으로 서울 올림픽 중계를 보고 있었다. 권투였다. 저녁 무렵, 이곳 로비의 테라스에 앉아서 바깥을 바라보고 있자니 프런트의 청년이 차이를 가져다주었다. 로비의 구석에 가스레인지가 있기에 그것을 빌려 다시 국수를 만들었다. 신기하게 쳐다보고 있는 청년에게 마쓰무라 씨가 한 가닥을 주자 먹어보더니 굉장히 복잡한 표정을 지었다. 뭐, 당연한 일이다. 일본인이라도 양념 간장 없이 그냥 삶은 국수만을 먹고 맛있다고 할 사람은 없을 테니까.

호텔에는 종업원이 쉬는 방은 없는지 청년은 밤이 되자 자신의 집으로 돌아가 아침에 다시 돌아온다. 그것은 상관없지만 문제는 그가 돌아갈 때 밖에서 입구 문을 잠근다는 것이다. 튼튼한 문에 튼튼한 열쇠로 말이다. 그 덕분에 숙박하는 손님들은 밤 열시부터 아침 여덟 시까지는 호텔에서 한 발자국도 밖으로 나갈 수 없다. 나는 아침 여섯 시에 일어나서 산책이나 해볼까 했지만 그것도 불가능하여 침대에 누워 플래너리 오코너 미국의 소설가의 단편을 읽으며 허무하게 시간을 보내야만 했다. 이러다가 불이라도 나면 어떻게 할 건가?

아침, 방에서 커피를 끓이고 빵을 먹었다. 그리고 딱히 볼 것도 없고 할 일도 없었기 때문에 낚싯대를 들고 둑의 맨 앞 쪽으로 갔다. 편안한 일요일 아침, 이곳 사람들도 모두 둑에 앉아서 느긋하게 낚싯줄을 드리우고 있었다. 낚싯줄을 보고 있자니 파도는 없었지만 조류의 흐름이 의외로 센 것을 알 수 있다. 뭔가 큰 것을 낚는다면 튀김요리라도 해볼까 하며 기세등등하게 낚시를 시작했지만 보기 좋게 아무것도 낚지 못했다. 우리는 일본에서 가져온 멋진 릴이 달린 낚싯대를 사용했는데 그런 것을 사용하는 것은 우리뿐이었고 다른 사람들은 모두 낚싯대도 없이 그냥 줄만으로 낚고 있었다. 그러나 모두들 꽤 많이 잡고 있다. 걸리는 것은 튀김용으로 쓰기엔 턱없이 작은 치어들뿐이었지만 가끔씩 **학꽁치** 같은 것도 올라온다. 물이 맑기 때문에 물고기 떼가 발 근처를 헤엄쳐 가는 것이 보일 정도다. **학꽁치**의 배가 가끔씩 아침 햇살에 빛난다.

아무것도 잡지 못하고 있으니까 옆에 있던 아저씨가 보다 못해 우리에게 다가와 올바른 낚시법을 알려주었다. 우리가 빵과 치즈를 반죽한 미끼를 쓰고 있는 것을 보더니 그건 안 된다고 하며 자기 미끼를 나누어주었다(여러 번 되풀이되지만 정말로 친절하다). 그가 미끼로 사용하는 것은 생선살이었다. 생선을 껍질째 칼로 작게 잘라낸 뒤 바늘에 꽂는다. 껍질이 매우 질기기 때문에 물고기가 미끼를 물어도 쉽사리 잘려 나가지 않는다. 또 생선 꼬리도 잘게 잘라서 물에 뿌려놓고 물고기를 유인한다. 아저씨에게 예를 표하고 다시 한 시간 정도 낚싯줄을 드리웠다. 하지만 나의 미끼는 너무나 교묘하게 주변 부분만 뜯겨져 나갔고 물고

호파 근교의 산속에서 도로를 점거하고 있는 소 떼.

도우바야즈트, 트럭을 몰고 온 카페트 상인, 건너편으로 아라랏 산이 보인다.

아르다한, 사과를 먹고 있는 소년.

도우바야즈트의 아이들. 뒤로 보이는 것이 아라랏 산.

동부의 마을 디고르에서 만났던 소년.

기는 한 마리도 걸리지 않았다. 모두들 동정해주었지만 걸리지 않는 것을 어쩌랴.

그것보다 둑에서 낚시를 하는 아저씨들과 근처에서 헤엄을 치던 소년들의 싸움을 구경하는 것이 더 재미있었다. 아이들이 다가오면 아저씨들은 낚시하는 데 방해가 된다며 화를 낸다. 아이들은 좀처럼 말을 듣지 않고 계속 헤엄을 친다. 이 동네에서는 낚시와 헤엄치는 것밖에는 딱히 할 일이 없는 모양이다. 젊은 사람들은 모두들 대도시로 나가고 싶을 것이다. 그리고 빵집을 하거나 부동산업자가 되는 것이다.

결국 우리는 두 시간이 지나도록 한 마리도 잡지 못했다. 그러나 일요일 아침에 흑해를 보면서 느긋하게 햇볕을 쬔다는 것은 상당히 기분 좋은 일이었다. 호파를 마지막으로 앞으로 한참 동안은 바다를 볼 수 없을 것이다. 몇 주일 뒤가 될지 모르지만 다음에 보게 되는 바다는 지중해다.

일요일 아침, 호파의 제방에서 낚시를 즐기는 남자들.

반 고양이

터키에 오면 무엇을 하겠다든가, 무엇이 하고 싶다든가 하는 희망은 거의 없었다. 무심한 이야기겠지만 그저 터키에 와서 차로 한 바퀴 빙 둘러보며 그 땅과 그곳에 사는 사람들의 모습을 보고 싶었을 뿐이다. 그래도 굳이 한 가지를 꼽으라면 만약 가능하다면 반 고양이를 만나서 같이 반 호수에서 수영을 해보고 싶다는 생각은 있었다. 그것이 나의 작은 희망이었다. 하지만 그것 또한 꼭 하지 않으면 안 된다는 수준은 아니다. **가능하다면** 해보고 싶었을 뿐인 것이다. 내 희망이란 오래전부터 대부분 그 정도인 것이다.

반 고양이는 반 호숫가에 사는 특별한 고양이를 말한다. 이 고양이는 언뜻 보기에는 평범한 흰색 고양이지만 실은 수영을 굉장히 좋아한다. 물이 있으면 어쨌든 헤엄치고 본다. 상당히 유별난 녀석이다. 그리고 오른쪽과 왼쪽 눈의 색깔이 다르다. 이 고양이는 반 호수 근처에서만 사는데 그곳에서도 일반적으로는 쉽게 볼 수 없을 정도라는 이야기를 전에 어딘가에서 들은 적이 있다. 어렵게 반 호수까지 가게 되었으니 **가능하다면** 이 고양이를 보고 싶다.

반 호수는 해발 1,720미터 되는 곳에 위치한 세계적으로도 수면이 높은 호수 가운데 하나다. 호수의 물이 빠져나갈 하천이 없기 때문에 염분이 상당히 높고 농도가 30퍼센트나 된다고 가이드북에 씌어 있었다. 물고기는 거의 살지 않는다. 호수의 물은 상당히 기묘한 맛이 난다고 한다. **가능하면** 이 호수에서 수영을 해보고 싶었다. 이상을 말하면 반 호수에서 반 고양이와 함께 수영을 하는 것이지만 그것은 너무 많이 바라는 것일지도 모른다. 하나씩 따로따로 해도 상관없다(결론부터 말하면 반 호수에서 수영을 할 수는 있었다. 정말 기묘한 분위기의 호수였다. 그 옛날 화학 실험실에서 맡았던 약품 냄새 같은 것이 났다. 아마도 무슨 나트륨의 냄새일 것이다. 수질도 조금 미끈거렸다. 하지만 염분이 높은 탓인지 수영을 하기에는 매우 쉬웠다. 삼십 분 정도 수영을 했는데도 전혀 피곤하지 않다. 물은 독특한 터퀴스 블루turquoise blue 색깔로 매우 깨끗하다).

반 호수는 터키의 가장 깊숙한 오지에 있는 변경이다. 해발 5,000미터를 넘는 아라랏 산의 남쪽, 이란의 국경 부근에 있는 큰 호수다. 비행기로 앙카라에서부터 가면 금방이지만 차로 오려고 하면 상당한 시간이 걸린다. 우리는 흑해의 막다른 마을 호

반 호수에서 수영을 하는 하루키.

파에서 하룻밤을 묵은 뒤 소련 국경을 따라 남쪽으로 내려와 카루스에서 하루 머물고 다시 양 떼와 군인의 검문과 원숭이처럼 집요한 아이들의 습격을 필사적으로 빠져나와 반 호수에 도착했다. 이것은—전혀 과장하지 않고—굉장한 여정이었다. 몇 번인가 길을 헤매기도 했다. 도로 표지판이 완비되어 있지 않아서 길을 잃기가 쉬웠던 것이다. 한번 길을 잘못 들면 정말 큰일 난다. 길이 말 그대로 **사라져버리기** 때문이다. 길이 사라지고 나면 바위투성이의 황야를 헤쳐 나갈 수밖에 없다. 우리는 대형 4륜구동이었기 때문에 어떻게든 견뎌낼 수 있었지만 보통 차였다면 아마 그 자리에서 꼼짝도 못했을 것이다.

반 호수의 수면이 보이기 시작한 것은 저녁 무렵이 다 되어서였다. 우리는 녹초가 되어버렸지만 그래도 반 호수의 저녁노을은 숨 막힐 정도로 아름다웠다. 하늘도 물도 산도 모든 것이 오렌지빛으로 물들고, 하늘과 산등성이가 만나는 부분은 불꽃처럼 진홍빛으로 타오르고 있었다. 호수 면은 조용히 잠든 듯했고 잔물결에 맞추어 고운 가루 같은 빛이 소리도 없이 그 위에서 흔들리고 있었다. 그것이 반 호수였다. 꼬박 이틀 동안 황량하고 먼 지투성이인 동부 아나톨리아의 고원을 가로질러 넘어온 뒤에 보는 호수는 정말 마음을 편안하게 해준다.

반은 이 부근에서는 상당히 큰 마을이다. 일설에 의하면 반은이란 망명자와 밀수업자들로 붐비는 마을이라고 한다. 산을 넘어 도망쳐온 망명자(이란·이라크 전쟁 당시에는 거의 대부분이 징병 기피자들이었다)는 우선 이 마을에서 한숨 돌린 뒤에 당국에 출두하여 정식으로 망명 절차를 밟게 된다. 밀수업자들은 아편과 헤로인을 동방에서 이곳으로 가져온다. 그리고 이곳에서 다음 운반책에게 넘겨준다. 어느 쪽이든 이 마을이 그 루트의 중계점이 되는 것이다. 그러므로 그들을 색출하기 위해 터키 동남부 군대와 치안당국 본부가 여기에 위치하고 있다. 풍경이 아름다운 반면 상당히 위험한 지역인 것이다. 국경 마을이란 대부분 뭔가 수상쩍은 냄새가 나는 법인데 이곳도 물론 예외는 아니었다. 사람들의 얼굴을 봐도 실로 다양한 인종들이 뒤섞여 있다는 걸 알 수 있다.

사람들이 모여드는 곳이기 때문에 상당히 괜찮아 보이는 호텔도 있다. 독일인 단체로 가득 찬, 언뜻 고급 호텔로 보이는 곳으로 뛰어들어가 "방 있습니까?"라고 물어보자 "꽉 차서 스위트룸밖에 없다"라고 한다. 가격은 약 6,500엔 정도다. 방을 둘러보니 넓은 방 두 개에 욕실도 딸려 있다. 스위트룸이 6,500엔이라면 저렴한 편이다. 그동안 하룻밤에 600엔 정도 하는 형편없는 숙소만 다녔기 때문에 이곳에서 이틀 밤을 지내면서 휴양을 하기

반 호수에 떠 있는 섬에서.

반 호수에 세워져 있던 클래식 카.

로 한다. 하지만 이곳은 상당히 엉터리 호텔로(참고로 호텔 이름은 '아크다마르'라고 한다) 우리가 차에서 짐을 내리자 프런트 담당이 "두 분이 묵으신다면 침대 추가 사용료 1,600엔을 더 내셔야 하는데요"라고 말을 꺼냈다. 지금 장난하는 거냐. 아까 방을 봤을 때는 침대가 양쪽 방에 하나씩 있지 않았느냐? 아니, 그건 치우는 걸 깜빡해서……, 라며 억지를 부린다. 하지만 너무나 화가 나서 "됐다, 다른 호텔로 가겠다"라고 하자 "알겠습니다. 특별히 호의로 서비스해드리겠습니다"라고 한다. 대체 뭐가 호의라는 거지? 하는 생각을 하면서 일단은 방을 잡고 욕조에 들어가 샤워를 하고 나서 맥주를 꿀꺽꿀꺽 마신다. 천국이 따로 없다.

그리고 마쓰무라 씨와 둘이서 산책이라도 하려고 호텔 로비로 내려가자 로비 기둥에 반 고양이 포스터가 붙어 있었다.

"반 고양이는 대체 어디 가면 볼 수 있는 걸까요?" 마쓰무라 씨가 묻는다.

"글쎄, 어떻게 해야 될까. 이 녀석들은 아무래도 거리를 쏘다닐 것 같지는 않은데……"라고 대답을 하자 마치 우리의 일본어 대화를 알아듣기라도 했다는 듯이 프런트에 있던 사내(방금 전 방값 때문에 옥신각신했던)가 우리에게 다가온다.

"실례지만, 아까부터 이 반 고양이 포스터를 계속 보시네요. 이 고양이에 흥미가 있으십니까?"

반의 한 정육점에 매달려 있는 양고기.

반의 이발소에서 머리를 자르고 있는 소년.

"있다"라고 우리는 대답한다.

"그렇다면 실은 제 사촌이 반 고양이를 키우고 있습니다. 이 근처에 사는데 만약 괜찮으시다면 안내를 해드리겠습니다."

아무래도 수상쩍은 얘기다. 이 남자는 그다지 친절한 사람이라고 생각할 수 없다. 일부러 그런 일을 호의로 해줄 리가 없다. 뭔가 속셈이 있을 것이라고 생각한다. 하지만 그렇다고는 해도 그것은 돈으로 해결될 일일 테고 어느 정도 돈을 내더라도 반 고양이를 만나 사진을 찍을 수 있다면 그 나름대로 괜찮은 일이라고 생각된다.

남자는 좋다, 그럼 삼십 분 뒤에 여기서 다시 만나자, 라고 말한다. 그 사촌이 있는 곳으로 안내를 해주겠다는 것이다.

삼십 분 뒤에 로비로 내려가자 남자가 기다리고 있었다. 멀리 떨어져 있는가, 라고 물으니 "아니, 바로 근처다. 노 프라블럼"이라고 말한다. 정말 가까웠다. 곧장 두 블록 정도 가서 오른쪽으로 꺾어지자 바로 그 사촌의 집이었다. 사촌의 집은 융단 가게였다. 그렇군, 융단을 팔아넘기려는 속셈이었다. 그렇다면 얘기는 간단하다. 헤로인이나 아편이나 헤시시를 파는 것과 비교하면 융단은 아무런 죄가 되지 않는다. "여기입니다"라고 그는 말한다. "여기에 반 고양이가 있습니다."

하지만 고양이는 보이지 않았다. 사촌은 서른 전후의 비교적

지적으로 보이는 남자로(반에 사는 사람치고는, 이라는 조건이 붙기는 하지만) 영어를 훌륭하게 구사했다. 행동거지도 차분했고 억지로 뭔가를 팔아보겠다는 의도는 느껴지지 않았다. 나도 몇 번인가 터키에서 융단 가게 주인과 얘기를 해본 적이 있지만 이렇게 차분한 융단 장수를 만난 것은 처음이다. 이 사촌과 프런트의 남자는 고양이가 보이지 않아서 조금 당황하는 눈치였다. "방금 전까지 바로 여기 있었는데"라고 사촌이 말한다. "이러면 곤란하다고. 밖에 나간 거 아니야?"라고 프런트 남자가 말한다. 둘이서 의자 밑과 안쪽 방을 뒤지고 다닌다. 사촌은 우리에게 "죄송합니다. 고양이라는 동물이 원체 잘 돌아다녀서요. 하지만 곧 돌아올 겁니다. 어린 고양이니까 그렇게 멀리까지는 가지 않거든요"라고 설명한다. "차이라도 마시면서 기다려주세요."

"이거, 연극은 아니겠지요?"라고 마쓰무라 씨가 의심에 가득 차서 물었다.

하지만 입구 옆에는 고양이 밥그릇도 보였고 남자의 말투는 거짓말처럼 느껴지지 않았다. 저렇게 사소한 것까지 꾸며낸다면 그것은 거의 〈스팅〉폴 뉴먼, 로버트 레드포드가 주연한, 사기꾼 일당을 그린 오락 영화 수준이라고 할 수 있다. 터키의 융단 장수가 그렇게 치밀하게 일을 꾸민다고는 생각되지 않는다. 참고로 고양이 밥은 양고기 삶은 것과 포테이토 라이스(이런 것을 고양이가 먹다니)와 핑크색 우유였다.

왜 우유가 핑크색인지는 잘 모르겠다. 융단 장수에게 물어보자 "원래 이런 색이다"라고 한다.

다 큰 남자 네 명이 가만히 앉아서 고양이가 돌아오기만을 기다린다는 것은 조금 우스운 일이었다. 그래서 이쪽도 아주 자연스럽게 가게 안의 융단을 보게 되었다. 상당히 훌륭한 융단을 갖춘 가게다. 손으로 만져보자 물건은 튼튼했고 이스탄불에서 본 융단보다 무늬도 좋다. 가격도 싸다. 어차피 나도 터키에서 융단 하나 정도는 살 생각이었고 고양이와는 상관없이 이것저것 융단을 구경했다. 그러는 동안에 고양이가 돌아왔다. 태어난 지 두세 달밖에 안 된 새끼 고양이다. 새하얗고 아름다운 고양이였지만 품에 안아본 첫인상은 솔직히 "뭐야, 평범한 고양이잖아"였다. 정말 오른쪽 눈과 왼쪽 눈의 색깔이 다르다. 털도 탐스럽다. 귀엽다. 하지만 그렇다고 해서 특별한 것은 아니다.

"이름은 나디르라고 합니다"라고 융단 장수인 사촌이 말한다.

"정말 수영을 하나요?" 하고 내가 물어본다.

"물론 수영을 하지요"라고 그는 확신을 갖고 대답한다. 하지만 이 고양이를 실제로 물속에 집어넣어 헤엄을 치게 해보라는 말은 할 수가 없다. "수영을 합니다"라는 말을 들었으니 그의 말을 믿을 수밖에.

어쨌거나 마쓰무라 씨는 이 고양이를 촬영했다. 상당히 애교

융단 가게의 반 고양이 '나디르'.

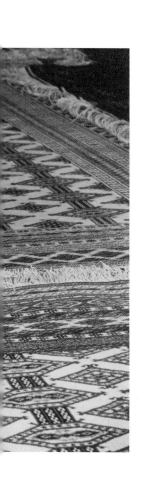

융단 가게 앞에서 반 고양이 나디르를 안고 있는 하루키.

고양이를 등에 업고 융단 가게 주인과 함께 찍은 기념 사진.

가 넘치는 고양이로 촬영하는 동안 융단 위를 뒹굴며 계속해서 장난을 쳤다. 나는 결국 융단을 사고 말았다. 그다지 크지 않은, 실크와 울이 섞인 융단으로 상당히 잘 만들어진 것이었다. 차이를 마시면서 십오 분 정도 느긋하게 흥정을 한 결과 가격은 9만 엔 정도로 떨어졌다. 융단 장수는 융단을 포장하고 나는 아메리칸 익스프레스 카드로 대금을 지불했다. 그리고 융단 장수와 악수를 하고 헤어졌다.

이 이야기의 교훈—이라고 할 것까지는 없을지도 모르겠지만—은 앞으로 반에 가시는 분들을 위해 결론 비슷한 것을 말하자면, 반에 있는 호텔 프런트 직원들은 반드시 어딘가 융단 가게와 연결되어 있다는 것이다. 그 이후에 만난 프런트 직원들 역시 반드시 나에게 융단 가게의 명함을 주었다. 이 동네에서 그곳이 제일 양심적이고 신용할 수 있는 융단 가게이니 꼭 가보세요, 라며 그들은 매우 열심히 권했다. 같은 호텔이라 해도 사람에 따라 제휴하고 있는 융단 가게가 다르다. 아무리 봐도 그들은 그리 열심히 호텔 일을 하는 것 같지 않았지만 융단 가게 알선만은 정말 놀랄 정도로 적극적이었다. 호텔 일이 부업이 아닌가 싶을 정도였다. 어쨌거나 일급 호텔이라고는 해도 변기의 물은 밤새도록 새고, 방에 전화는 없고, 뜨거운 물은 거의 나오지 않았고, 직원의 서비스는 나쁘고. 매우 지독한 곳이었다.

그리고 다음 날 마을을 느긋하게 산책하면서 느낀 건데 반 고양이를 기르는 융단 가게가 꽤 많다. 반에 있는 융단 가게의 진열장 안쪽에는 반 고양이가 자주 낮잠을 자고 있다. 그중에는 유리 상자 안에 갇혀 있는 것까지 있다. 손님을 끌기 위해서다. 고양이에게 흥미를 갖고 관광객들이 발을 멈추면 안에서 주인이 재빨리 달려나와 "들어와서 고양이 구경하세요"라고 말을 건다. 그리고 차이나 다른 것을 대접하며 고양이 얘기도 하다가 결국은 융단을 펼쳐 보인다. 그야말로 '마네키 네코' '복을 부르는 고양이'란 뜻. 일본의 가게는 한쪽 손을 들고 있는 고양이 인형을 두고 있는 곳이 많은데 그 인형을 가리켜 '마네키 네코'라고 부름다.

이 동네의 사람들은 관광객만 보면 융단을 팔아야 된다는 생각밖에 하지 않는 것 같았다.

그리고 아쉽게도 반 고양이가 헤엄을 치는 모습은 끝내 볼 수 없었다.

하카리로 향하다

예전에 〈하카리의 계절〉이라는 터키 영화를 본 적이 있다. 하카리라는 터키의 오지—오히려 비경秘境에 가깝다—에 부임한 대도시 출신의 터키인 교사 이야기였다. 그는 이상주의적인 인텔리로 아마 쿠르드인 마을이라 추측되는 산속 오지 마을에서 아이들을 가르치며 어떻게든 사람들 사이에서 적응하려고 노력을 한다. 그리고 마을 사람들 모두가 조금씩 그를 받아들이게 되지만 결국 어떤 사건이 일어나 어두운 마음의 상처를 간직한 채 마을을 떠난다는 줄거리였던 것 같다. 나는 가끔 영화의 줄거리를 전혀 엉뚱한 내용으로 기억하곤 하기 때문에(두 영화를 합쳐서 한 영화로 기억하는 경우도 있다) 확실하지는 않지만 아마 그런 내용이었을 것이다. 이상주의가 지역 현실 앞에서 무너진다는 비교적 19세기 러시아풍의 어두운 주제의 영화였다고 기억하고 있다. 하지만 줄거리는 차치하고 풍경과 풍습의 묘사가 매우 훌륭하고 생생했다. 아주 세세한 부분까지 기억하고 있다.

영화에 의하면 하카리는 눈이 많이 오는 곳으로 겨울이 되면 산속 마을은 바깥세상으로부터 완전히 고립된다. 5월이 될 때까지 눈은 녹지 않는다. 즉 일 년의 반 이상을 그 마을 속에 갇힌 채 살아야 한다는 얘기다. 사람들은 가난하고 말이 없다. 차이를 대접받은 교사가 찻잔 속에 설탕을 넣고 휘저어 마시자 다들 이상한 표정을 짓는다. 다른 사람들은 각설탕을 조금씩 갉아 먹은 뒤에 차이를 마시는 것이다. 그 마을의 풍습은 그렇다.

영화를 본 이후로 터키에 가게 되면 꼭 한번 실제로 이곳에 가보고 싶다는 생각을 했었는데, 이 하카리 지방은 눈이 많다는 것 외에도 터키에서 치안이 가장 나쁜 장소로도 알려져 있다. 쿠르드인 분리주의자들의 활동 거점이 되고 있기 때문이다. 내가 가장 신용하며 사용하고 있던 영어 안내 책자에는 이렇게 써져 있다. "하카리 마을은 피해 가는 게 최고다. 이 마을 인구의 반은 두려움에 떨면서 길거리의 더러운 폐가에 틀어박혀 있고 나머지 반은 정부 관리를 죽이는 생각밖에 하지 않는다. 이곳에 근무하는 정부 관리는 다른 지방에서 뭔가 문제를 일으켜서 이곳으로 내쫓긴 사람들뿐이다."

나는 이것이 과장이 아닌가 하고 하카리에 가보았는데 전혀 과장이 아니었다. 물론 눈앞에서 사람이 죽는 것 같은 일은 일어나지 않았지만 그래도 마을을 뒤덮고 있는 분위기는 정말 그 내용 그대로였다. 하카리에 차를 세운 뒤 차 문을 열고 한 걸음만 나가면 공기가 너무 싸늘하고 불온하다는 것을 느낄 수 있다.

시기도 좋지 않았다. 내가 찾아간 때는 마침 쿠르드 문제가 절정에 달한 바로 그때였던 것이다. 하지만 우리는 이미 몇 주일 동안 신문을 읽지 못했기 때문에(이스탄불을 벗어나면 〈헤럴드 트리뷴〉 따위는 그 어디에서도 판매하지 않는다) 상황이 그렇게 악화된 줄은 몰랐다. 그래도 걱정이 되어 반 마을에서 융단 가게와 관광안내소 담당자에게 "하카리의 치안은 어떻습니까?"라고 물어보았지만 그 두 사람 다 "하카리? 노 프라블럼. 안전합니다. 무서워할 거 없어요"라고 말해주었다. "하지만 여러 가지로 문제가 있다는 것 같던데?"라고 다시 묻자 "네, 전에는 **조금** 그랬죠"라고 기분 나쁘다는 듯이 인정했다. "하지만 지금은 괜찮습니다. 치안은 회복되었어요. 이라크가 쿠르드인을 못살게 굴고 죽이니까 그들이 터키로 도망왔습니다. 하지만 터키군은 쿠르드인을 친절하게 보호하고 있습니다. 평화롭습니다"라는 것이었다. 대부분의 터키인들은 외국인에게 자국이 안고 있는 문제에 대해 얘기하고 싶어 하지 않는다. 무슨 일이든 "괜찮습니다. 노 프라블럼입니다"라는 공식적인 견해로 끝내버리려고 한다. 어쩌면 그들이 애국적인 사람들이기 때문일지도 모른다. 어쩌면 외국으로 부정적인 정보가 〈미드나잇 익스프레스〉식으로 전달되는 것을

카메라를 들이대면 사람들은 이런 표정을 짓는다. 하카리 마을은 어딘지 모르게 불온하다.

극단적으로 싫어하기 때문일지도 모른다(그것은 그들의 마음에 깊은 상처를 입혔다). 어쩌면 쓸데없는 얘기는 가능한 한 하지 않으려는 정치적인 합의가 있을지도 모른다. 어쩌면 나쁜 뉴스는 일반인들에게 전달되지 않는 구조로 이루어져 있을지도 모른다. 그것은 나도 잘 모르겠다. 하지만 어쨌거나 그들은 대부분 부정적인 일에 관해서는 일반적으로 매우 입이 무겁다.

예를 들어 반(지금의 반이 아니라 예전의 반)은 과거에 아르메니아인들의 도시였다. 그리고 그 분리주의자들은 제1차 세계대전 때 터키로부터 독립을 목적으로 러시아군과 함께 마을을 점령하고 터키인들을 학살했다. 그러나 러시아 혁명이 발발하면서 혁명정부가 단독으로 평화협정을 맺고 군을 철수시키자 돌아온 터키군이 보복으로 아르메니아인들을 대량 학살하고(전국적으로 100만 명에서 150만 명 정도가 학살당했다고 한다) 남은 아르메니아인들을 한 명도 남기지 않고 이 지역에서 다른 곳으로 강제 이주시킨 다음 마을 전체를 깡그리 폐허로 만들어버렸다. 지금은 이 폐허가 된 마을에 황새 일가만 살고 있다. 하지만 이 폐허에 우리를 안내해준, 전에 육군 특수부대에 있었다는 관리인 겸 가이드는 "이곳은 제1차 세계대전 때 러시아 군대의 포격으로 폐허가 되었습니다"라고 말할 뿐이었다. 이것은—뭐 러시아군의 포격은 실제로 있었을지도 모르겠지만—말도 안 되는 얘기다. 어쨌거나 그들은 그런 터키의 어두운 부분은 가능한 한 건드리지 않으려고 하는 것이다.

그건 그렇다 치고 반 마을에서 우리는 "하카리는 완전히 오케이다"라는 두 사람의 얘기를 듣고―게다가 너무나 자신만만하게 **괜찮다**고 강조를 했기 때문에―그것을 현지 정보로 믿어버린 것이다. 터키인을 비방하려는 것은 아니지만 전반적으로 터키인들이 괜찮다는 것치고 실제로 괜찮은 경우는 별로 없다. 물론 그들이 거짓말쟁이라고 말하려는 것이 아니다. 그들은 가끔 너무나 희망적인 견해라는 형태를 취하는 경우가 많을 뿐인 것이다. 즉 "I hope that it is so.(그랬으면 좋겠네요)"가 자기도 모르게 "It has to be so.(그래야 해요)"가 되고 결국에는 "It sure is so.(분명코 그래요)"가 되어버리는 것이다. 정말 그렇다. 그들에게 길을 물어서 "아아, 바로 나와요. 100미터 정도만 가면 돼요"라는 말을 듣는다면 그것은 600미터는 더 가야 한다는 얘기다. 그들은 상대방에게는 가까운 것이 좋겠지, 라는 생각을 하면서 자신도 모르게 가깝다는 식으로 얘기해버리는 것이다. 호의적으로. 그것은 단지 감정적인 친절인 것이다. 그 증거로 터키에서 몇 번이고 길을 물어봤지만 멀다는 식으로 알려준 사람은 단 한 명도 없었다. 이 하카리의 치안에 대한 질문도 모처럼 터키에 와준 사람들이 아닌가, 괜찮아야 할 텐데, 라는 생각에 그렇게 말한 것이다. 하

반의 옛 시가지 터, 터키군이 불을 질렀다고 한다.

지만 그때 우리는 잠시 그 사실을 깜빡 잊고 그 말을 그대로 믿어버렸다.

쿠르드인 문제는 너무나 복잡하고 뿌리 깊은 문제다. 쿠르드는 7세기부터 존재했고 고유의 문화와 언어를 가진 민족이면서 자기들의 나라를 거의 갖지 못했던 비극적인 민족이다. 제1차 세계대전 이후의 민족자결주의 원칙에서도 제외당했고 현재도 터키, 이라크, 이란이라는 3개국에 걸쳐 있는 지역에 살고 있다 (시리아와 소련에도 일부 있다). 쿠르드인은 자긍심이 높은 인종으로 아랍인이나 터키인과의 동화를 꺼리며 주변의 모든 나라에서 격렬한 분리독립운동을 일으켜 탄압을 받고 있다. 쿠르드인의 숫자는 불분명하지만 1천만 명에서 2천만 명 정도로, 터키에는 그중 800만 명이 살고 있다고 하는데 정부가 취하고 있는 강압적인 동화정책 때문에 음악과 출판을 포함한 그들의 문화 활동은 공식적으로 금지되고 있다. 예를 들어 영화 〈욜〉의 감독인 고故 일마즈 귀니Yilmaz Guney는 쿠르드인이었기 때문에 정부로부터 철저하게 탄압을 받아 몇 번이고 형무소에 들어가야만 했다. 감옥 안에서 〈욜〉을 만든 것은 유명한 이야기다.

자, 이제 얘기가 슬슬 복잡하게 되어가는데, 이라크 국내의 쿠르드인의 분리독립운동을 이란이 지원하고 무기를 보내주었다. 왜 그럴까? 이란·이라크 전쟁이 한창이던 당시 이라크의 후방을 교란시키기 위해서다. 그런데 이란·이라크 전쟁이 갑자기 휴전되자 쿠르드인 문제는 이란 측의 짐이 되어버렸다. 그래서 원조가 중단되었다. 쿠르드인 게릴라 입장에서 보자면 2층으로 올라가라고 등을 떠밀어놓고 사다리를 없애버린 셈이다. 전선의 전투에서 해방된 이라크군은 전투부대의 주력을 이 쿠르드인 진압에 쏟았다. 이라크 정부의 입장에서 보면 이제까지 골머리를 앓아온 쿠르드인 문제를 해결하기에 제일 좋은 기회였던 것이다. 이제까지는 앞서 말한 터키의 아르메니아인의 운명과 매우 흡사하다. 강대국의 이해관계에 휘둘리는 소수민족의 비애다. 그러나 장소가 산속인 데다가 쿠르드인들은 상황이 불리해지면 금방 국경 건너편으로 도망을 가버리기 때문에 이라크 부대도 간단히 진압할 수 없었다. 그래서 마을을 완전히 포위한 뒤 독가스 폭탄을 사용해서 여자도 아이들도 모두 말살시켜 버리는 작전을 취했다. 어느 정도 살해됐는지는 불분명하다. 2만이라고도 3만이라고도 한다. 제대로 조사를 할 수도 없으니 실제 숫자는 알 수 없다.

쿠르드인은 그래서 산을 넘어 국경을 뚫고 대부분 터키로 도망쳤다. 이란은 그런 경위가 있기 때문에 처음에는 터키를 통해서 쿠르드 난민을 받아들였다. 하지만 난민 수가 10만을 넘어섰고 이란으로서도 전부 받아들일 수는 없었다. 이란이든 터키든 쿠르드인을 너무 많이 받아들이면 자국의 민족 문제에 불이 붙어버리기 때문이다. 특히 터키에서는 그렇지 않아도 쿠르드인 문제가 폭발 직전까지 이를 정도로 심각한 지경이었다. 하지만 그렇다고 해서 이라크 정부의 요구대로 쿠르드인 난민을 강제송환시키면 이번에는 국제 여론의 뭇매를 맞게 된다. 특히 미국 정부는 터키의 난민수용에 대해 깊은 관심을 갖고 지켜보고 있다. 하지만 터키 정부로서는 이라크와 문제를 일으키고 싶지 않은 속사정도 있다. 왜냐하면 터키는 석유 공급을 완전히 이라크에 의지하고 있기 때문이다. 이라크로부터 석유 공급이 끊기면 터키 경제는 괴멸되어 버린다. 그래서 이라크 부대가 쿠르드인을 쫓아 터키 쪽 국경을 넘어와도 노골적으로 이라크군의 행동을 비판하지도 못한다.

그렇기 때문에 터키 정부는 쿠르드 난민과 외국인 저널리스트와의 접촉을 금지했다. 독가스 사용 문제를 공공연히 들추어내서 이라크 정부를 자극하고 싶지 않았기 때문이다. 각국의 이해와 입장이 너무나 복잡하게 얽혀 있는 것이다. 어쨌거나 터키군은 마침 이 시기에 육군 부대를 이라크 국경에 대량 이동시켜 계엄령에 가까운 태세를 갖추고 있었다. 그것은 첫째 더 이상 쿠르드인의 유입을 막기 위해서고, 둘째 터키에 있는 쿠르드인의 불온한 움직임을 억제하기 위해서이며, 셋째 외국인과 쿠르드 난민과의 접촉을 차단하기 위해서였다.

아무튼 우리는 그런 소동의 한가운데로 — 사정을 잘 알지도 못하면서 — 들어가버린 것이다. 지금 생각해보면 "정말 뭐가 노 프라블럼이라는 거야. 뭐가 평화 그 자체냐구!"라고 소리라도 지르고 싶은 심정이지만…….

***

반을 떠나 하카리로 향한다. 아직 9월이었지만 아침 공기는 차가웠다. 춥다기보다 날카롭다고 하는 편이 어울릴 듯한 쌀쌀 함이다. 햇빛이 눈부셔 선글라스를 끼고 운전을 했는데도 눈이 아프다. 얼마 동안 일직선의 길이 이어진다. 주변에는 아무것도 없다. 그저 평원이 펼쳐져 있을 뿐이다. 푸른 풀들이 우거지고 군데군데 양 떼가 보인다. 눈 녹은 물을 흘리는 계곡이나 습지 도 보인다. 도로에는 몇 마리의 개들이 차에 치여 널브러져 있 다. 내장이 튀어나온 것도 있었다. 피자처럼 납작해진 것도 있 었다. 모두 양을 치는 개다. 차가 다가오면 적이라고 생각하고 달려들다가 치이게 되는 것이다. 불쌍하다는 생각은 들었지만 무서운 것도 사실이다. 우리도 이 길에서 몇 번이나 커다란 개의 습격을 받았다. 그들은 바보인지 용감한 것인지(아마 둘 다일 것이

다) 추호의 두려움도 없이 시속 100킬로미터로 달리는 차 앞으로 뛰어들어 가로막기 때문에 이쪽도 목숨을 걸게 된다. 반대편에서 오는 차가 없으면 어떻게든 피할 수 있지만 만약 반대편이나 뒤쪽에서 차가 오고 있다면, 안됐지만 그대로 들이받는 수밖에 없다. 속도를 늦추기라도 하면 온몸으로 차 문을 밀쳐대며 따라붙는다. 거의 스티븐 킹의 〈쿠조〉개를 주인공으로 한 공포 소설의 세계라고 할 수 있다.

개들은 모두 크고 흉폭하다. 반쯤은 들개라고 해도 좋을 정도로 무시무시하다. 오토바이나 자전거로 여행을 하는 사람들이 만약 이 개들의 습격을 받는다면 흔적도 없이 사라지지 않을까 걱정될 정도였다. 나는 가끔 차에서 내려 조깅을 하고 싶었지만 개들의 습격이 무서워 터키에서는 단 한 번도 달리지 못했다. 실은 몇 년 전에 터키 정부가 전국적으로 들개를 사냥하려는 계획을 세운 적이 있었으나 서구의 동물 애호 단체의 항의 때문에 포기했다고 한다. 터키에서는 실제로 개에게 잡아먹히는 사람도 많다고 한다.

드디어 산으로 뻗은 도로로 들어섰다. 초원은 사라지고 먼지가 날리는 풍경으로 변한다. 해발 2,700미터의 고개를 넘자 바람이 갑자기 강해졌다. 벌써 이곳은 겨울바람이다. 이라크, 터키 국경 부근의 산에서는 산을 타 국경을 넘으려는 쿠르드인 부녀자의 다수가 **8월에도** 동사한다고 한다. 그 정도로 춥다. 산을 넘으면 하카리 지역이다. 길은 갑자기 험해진다. 아스팔트 도로라곤 하지만 가끔 길이 함몰되어 구멍이 뚫려 있다. '함몰주의' 라는 표지판이 물론 있긴 하지만 너무 작아서 보기 어렵다. 노면이 반 이상 통째로 사라져 있는 곳도 꽤 있다. 다리도 무너져 있다. 도로를 수리한 곳은 아스팔트를 깔고 뒤처리를 하지 않아서 차의 타이어 박스가 콜타르 범벅이 된다. 도로의 수리 현장을 보고 있으면 그야말로 엉망진창이다. 강을 따라 난 길인데도 기초공사도 제대로 하지 않고 길을 대충 고른 다음 그 위에 그대로 아스팔트를 깔아버린다. 그러니 비가 조금만 와도 금방 길 가장자리가 무너지게 되는 것이다. 그래서 구멍투성이가 되는 것이다. 가끔 그 구멍에 빠진 차가 길바닥에서 뒤집혀 있다. 와일드 웨스트다.

이 도로 부근의 마을은 보고만 있어도 우울해지는 곳이다. 한번은 차이하네에 들어가 차이를 마셨다. 인상이 험악한 남자가 세 명 있었는데 한 명이(나는 밀수업자를 실제로 한 번도 본 적이 없지만, 아마 이런 얼굴이 아닐까 상상한다) 터키어로 내가 차고 있던 시티즌 잠수 손목시계의 가격을 물어왔다. 가격을 말하자 다들 시계에 관한 얘기를 십 분 정도 나누는 것 같았다. 그리고 내가 타고 있던 미쓰비시 파제로의 가격을 물었다. 가격을 말하자 다시 차에 관한 얘기를 십 분 정도 소곤소곤 나누었다. 그들은 물건의 가격에 과할 정도로 호기심을 갖고 있었다. 지금 당장이라도 여기서 나를 죽이고 몽땅 털어가는 것은 아닐까 싶은 분위기였다. 차이하네의 주인에게 화장실이 어디냐고 묻자 그런 건 없다고 한다. 아마 밖에서 대충 소변을 볼 것이다. 뭐, 소변이라도 좀 뿌려줘야 깨끗해질 것 같은 동네긴 하지만.

하카리 2

하카리에 거의 다 왔을 무렵 이상한 일행이 눈에 띄었다. 젊은, 대략 십대 중반쯤 되어 보이는 소녀가 신부 의상처럼 얼룩 하나 없는, 순백의 하늘거리는 드레스로 몸을 감싼 채 말을 타고 있었다. 드레스에는 선명한 파란 별이 여러 개 달려 있었다. 그리고 얇은 베일로 입을 가리고 있었다. 기묘하리만큼 **조용한** 느낌의 아름다운 여자 아이였다. 열 살 전후로 보이는 남자 아이가 온순한 얼굴을 하고 말 고삐를 끌고 있었다. 그 앞을 아버지로 보이는 연배의 남자가 지팡이를 짚고 걸어간다. 남자는 머리에 아프간풍의 터번을 두르고 있었다. 남자는 까무잡잡한 얼굴을 심각한 표정으로 찌푸린 채 앞을 바라보고 있었다. 이상한 풍경이었다. 이들은 대체 무엇이었을까. 그들은 그때 어디로 무엇을 하러 가는 길이었을까. 나는 알 수가 없었다. 하지만 소녀의 고운 의상은 터키 오지의 먼지투성이 황야에는 너무나도 어울리지 않았다. 주위에는 온통 붉은 바위산과 자갈투성이의 계곡, 빨려

들 듯한 파란 하늘뿐이었다. 어쩌면 그 소녀는 결혼식을 올리러 가는 신부였을지도 모른다.

　그때는 내가 운전을 하고 있었다. 이미 십 분 정도 다른 차를 보지 못했다. 바위산 외에는 눈에 들어오는 것도 없었다. 노면에 뚫린 구멍을 제외하면 지루한 길이었다. 커브를 돌자 그들의 모습이 보였고 다음 커브를 돌자 그들의 모습이 사라졌다. 그 광경은 갑자기 나의 시야에 뛰어들어왔다가 눈 깜짝할 사이에 뒤로 사라져버렸다. 실제로 나는 처음에 내 눈을 믿을 수 없을 정도였다. 정말로 그 광경이 그곳에 있었던 것일까, 라고 할 만큼.

　하지만 마쓰무라 씨도 그 광경을 봤다고 한다. 그러므로 그것은 정말로 현실에 존재했던 것이다. 만약 마음만 먹었다면 우리는 차를 세우고 뒤로 돌아가 그것이 무엇인지 확인할 수도 있었다. 하지만 그렇게 하지 않았다. 확실하게 말할 수는 없지만 그렇게 함으로써 우리가 그 풍경에 내재되어 있던 무언가에 상처를 주고 손상시키는 것은 아닐까 하는 느낌이 문득 들었기 때문이다. 본능적으로 그런 느낌이 든 것이다. 그래서 우리는 그대로 하카리를 향해 나아갔다. 그리고 그 광경에 대해서 더 이상 깊게 얘기를 나누지 않았다. 그러나 그것은 대체 무엇이었을까? 나는 지금도 그 광경을 확실하고 선명하게 머릿속에 떠올릴 수 있다. 그리고 이렇게 생각한다. **그 여자 아이는 어딘가로 가는 중이었**

을 것이다, 라고.

* * *

하카리에 들어가기 직전에 이중 삼중으로 경찰의 검문을 받는다. 여권과 면허증을 꼼꼼하게 조사한다. 번호를 적어 간다. 뒷문을 열고 짐을 검사한다. 어딘가에 전화를 건다. 한 번 더 우리의 얼굴을 살펴본다. 그리고 우리는 고지대에 있는 마을까지 구불구불한 언덕길을 올라간다. 그러고 나서야 겨우 열두 시 전에 하카리에 도착할 수 있었다. 언뜻 보기만 해도 지독한 마을이다. 적어도 마음이 따뜻해지는 동네라고는 할 수 없다. 우선 마을 입구에 마치 감시한다는 사실을 강조라도 하듯이 거대한 육군 기지가 있다. 무슨 일이 터지면 당장 출동할 수 있다는 것을 보여주기라도 하는 것처럼 군용차, 장갑차가 문 앞에 줄지어 서 있다. 기관총을 든 군인이 경비를 서고 있다.

그곳을 지나면 드디어 하카리 마을이 나온다. 마을에 들어가자마자 깨닫게 되는 것은 매우 지저분하다는 것이다. 도로는 비포장이었고 먼지투성이였다. 그리고 남자밖에 없다. 차로 한동안 마을 안을 돌아봤지만 어디를 봐도 남자들밖에 눈에 띄지 않았다. 남자들 대부분은 아마 쿠르드인일 것이다. 머리에 아프간

하카리 중심부.

하카리의 도로에서 서성거리는 사람들.

풍의 터번을 두르고 있다. 배에는 복대를 차고 있다. 길에서 네댓 명씩 모여서 이마를 맞대고 선 채로 얘기를 나누는 무리 대부분은 어쩌면 밀수업자일지도 모른다. 어쨌거나 분위기가 매우 수상쩍다. 숙덕거리며 뭔가 이야기를 주고받고는 다 같이 카시오 전자계산기의 키를 타닥타닥 두들기고 있다. 한 사람이 상대에게 숫자를 보이면 그 상대가 다시 타닥타닥 키를 두들겨 숫자를 보여준다. 그러한 행동을 계속하며 손을 들어 올리거나 고개를 가로젓거나 한다. 경찰이나 군인이 다가오면 재빨리 계산기를 감춘다.

경찰과 군인이 너무 많다. 어디를 봐도 제복뿐이다. 자동소총, 라이플, 권총, 각종 총기를 휴대한 경찰, 군인들이 마을에 넘쳐나고 있다. 정말 여러 가지 총기가 있고 정말 여러 가지 제복이 있다. 그리고 그들은 두세 명씩 팀을 짜서 순찰을 돈다. 결코 혼자서는 다니지 않는다.

길바닥에는 어두운 눈빛을 한 쿠르드인과 이란인 그리고 이라크인들이 모여 앉아 있다. 여기까지 오면 금발에 푸른 눈을 한 유럽형 얼굴의 터키인은 그다지 보이지 않는다. 거의 중동이라고 해도 좋을 광경이다. 그들은 얘기를 나누는 것도 아니고 그저 지나가는 사람들을 물끄러미 바라보고 있다. 몸은 조금도 움직이지 않는다. 눈동자만 움직일 뿐이다.

차를 세우고 내리자 조심스럽게 사람들이 몰려든다. 어디에서 왔느냐, 무엇을 하느냐, 어디에 가느냐, 터키가 마음에 드느냐, 차이 마시고 가라…… 여러 말들을 한다. 관광객이 이곳에 오는 것이 매우 드문 일이기 때문인 듯하다. 하지만 우리는 그다지 이 동네에 오래 있고 싶지 않았다. 가능한 한 빨리 볼일을 마치고 가능한 한 빨리 출발해버리고 싶다. 마을 분위기도 사람들의 눈 빛도 뭔가 위험한 느낌이 든다. 우리는 차이를 마시고 가라고 집요하게 말을 걸어오는 남자에게 "볼일이 있어서"라며 떼어놓는다. 호의인 줄은 알지만 상대를 하다 보면 또 얘기가 길어질 것이다. 마쓰무라 씨는 혼자서 마을 사진을 찍으러 간다. 나는 그 동안 카페에 들어가 일기를 쓰기로 한다.

카페의 텔레비전에서는 서울 올림픽 중계를 하고 있었다. 레슬링이다. 사람들 몇 명이 테이블에 앉아 물끄러미 그 흑백 화면을 보고 있다. 그저 물끄러미 바라보고 있을 뿐이다. 뭔가 감상을 말하는 것도 아니고 표정을 바꾸지도 않는다. 나는 가능한 한 눈에 띄지 않기 위해 기둥에 가려진 테이블에 앉아 차이를 주문한다. 차이는 없다고 한다. 그럼 주스를 달라고 한다. 그리고 치즈파이를 주문한다. 얼마 뒤에 차이와 치즈파이가 나왔다. 이유를 알 수가 없다.

차이를 마시고, 치즈파이를 먹고, 일기를 쓰고 있는데 젊은 남

하카리의 메인 스트리트.

하카리 사람들. 아무리 웃기려고 해도 도무지 웃질 않는다.

자가 내 앞에 앉는다. 나는 되도록 얼굴을 들지 않으려고 한다. 눈이 마주치면 끝장이기 때문이다. 눈이 마주치면 반드시 말을 걸어올 테니. 무슨 말을 할지는 얘기를 하지 않아도 이미 알고 있다. "어디에서 왔나?" 일본. "터키에는 왜 왔나?" 관광. "얼마나 터키에 머무는가?" 3주간. "이제까지 어디를 가봤는가?" 이스탄불, 흑해 연안, 도우바야즈트, 반. "앞으로는 어디로 갈 것인가?" 디야르바키르, 우르파, 지중해, 이스탄불. "터키는 마음에 드나?" 그렇다. "직업은 무엇인가?" 저널리스트. "일 때문에 왔나?" 그렇다. "내 시계는 세이코다." 좋겠군. "사진 찍어줄까?" 지금은 됐다. "차이 한 잔 더 마시겠나?" 이제 됐다. "나이는 몇인가?" 스물아홉(거짓말을 했다). "결혼은 했나?" 작년에 마누라가 죽었다(이것도 거짓말). "그것 참 안됐구나." 고맙다. 등등. 이런 얘기가 끝도 없이 계속된다. 처음에는 나도 이런 행위가 우호 교류의 하나라고 생각하며 비교적 친절하게 대답을 했지만, 그러다 보니 만사가 귀찮아져서 그만두게 되었다. 끝이 없는 것이다. 쓸데없이 말을 거는 것을 좋아하면서 조금만 진지한 얘기가 나오면 금방 입이 무거워진다. "오, 굉장하군. 재미있는걸"이라고 할 만한 정보는 들을 수가 없다. 다른 나라에서는 길거리에서 만난 사람과 얘기를 나누다 보면 흥미진진한 얘기를 많이 해주는데 터키에서는 그런 적이 거의 없었다. 흔해빠진 얘기밖에 하지 않는다. 그러니 얘기를 해도 조금도 재밌지 않다. 이상한 일이다. 천편일률적인 얘기를 죽 늘어놓은 다음 "함께 사진을 찍자"라고 한 뒤 마지막에는 "사진이 나오면 이 주소로 보내달라"라고 주소를 적어준다. 그것의 반복이다.

내가 눈을 들지 않고 계속 일기를 쓰고 있자 드디어 참을 수 없었는지 "익스큐즈 미"라고 나에게 말을 건다.

"영어 하실 줄 아나요?"

"노"라고 나는 가능한 한 무뚝뚝하게 대답한다.

남자는 오 분 정도 그대로 어떻게 해야 할지를 생각하고 있다. 하지만 금방 포기하고 어딘가로 가버린다. 나는 마음을 놓고 일기를 계속 쓴다. 하지만 채 십 분도 지나지 않아 다른 남자가 다가온다. 테이블의 맞은편에 앉는다. "익스큐즈 미"라고 한다. 정말 어쩔 수 없는 곳이다. 마음 놓고 일기를 쓸 수조차 없다.

일기 쓰는 것을 포기하고 카페에서 나와 한동안 마을을 걸어보았다. 걸으면서 보니 더욱더 기묘한 마을이다. 많은 사람들이 길거리에 나와 있지만(이 마을의 인구는 2만 명이라고 마을의 입구에 써져 있었다) 모두들 딱히 아무 일도 하지 않는다. 길바닥에 앉아 있거나 서서 얘기를 나누거나 차이를 마시거나 그저 할 일 없이 걷거나 하고 있다. 정확하게 무엇을 하는 사람인지 파악할 수 있는 사람은 거의 없다. 이 근처는 일본의 마을과는 전혀 다르다.

일본에서는 모두들 뭔가를 하고 있다. 청소를 하거나 장을 보거나 짐을 옮기거나 서둘러 어딘가를 향해 가거나 개를 산책시키거나 데이트를 하거나 한다. 하지만 이 마을은 그렇지 않다. 이 마을에서는 명확한 목적을 가진 행위라는 것을 좀처럼 찾아보기가 힘들다. 그 대신 목적이 없는 행위라면 몇 가지 찾아볼 수 있다.

내가 마을의 중심에 있는 광장에 앉아 아무 생각 없이 길거리를 보고 있는데 까무잡잡한 중년의 남자가 다가와 정면 3미터 정도 떨어진 곳에 서서 물끄러미 내 얼굴을 바라본다. 미동도 하지 않고 그저 잡아먹을 듯이 사람 얼굴을 보는 것이다. 나도 이런 식으로 남에게 보이는 것은 불쾌하기 때문에 지지 않고 똑바로 쳐다봐 준다. 하지만 상대방은 절대로 시선을 피하지 않는다. 그것도 대항하려는 의지로 혹은 싸움을 걸기 위해서 눈을 피하지 않는 게 아니라 그저 그냥 자연스럽게 시선을 피하지 않는 것이다. 아무리 정면으로 눈이 마주쳐도 상대방은 전혀 신경을 쓰지 않는 것 같았다. 나도 계속 상대방의 눈을 바라보다가 한계에 다다라 그곳을 피하기로 했다. 몇 시간 동안 눈싸움을 해봤자 그 눈은 이겨낼 수 없을 것이다. 그것은 사람을 본다기보다 땅에 뚫린 깊은 구멍을 보고 있는 듯한 눈이었다. 아무 감정도 내포되어 있지 않은 것이다.

이 마을에서는 여러 사람들에게서 그런 눈빛을 볼 수 있었다.

내가 길을 걷고 있으면 누군가가 마치 얼어붙은 것처럼 순간적으로 그곳에 멈춰 서서 구멍이 뚫릴 정도로 나를 쳐다보았다. 지나칠 때 살짝 바라보는 것이라면 나도 그다지 신경을 쓰지 않겠지만 그런 식으로 아예 작정을 하고 뚫어지게 쳐다보면 기분이 점점 상한다.

한참을 걷다가 가까스로 아이를 데리고 있는 여성을 만났다. 치마를 입고 있었으니 아마 여성이었을 것이다. 검은 보자기 같은 베일을 머리에서부터 뒤집어쓰고 있었기 때문에 처음에는 뭐가 뭔지 전혀 알 수가 없었다. 잘 보지 않으면 앞인지 뒤인지도 분간할 수 없다. 그녀가 이 마을에서 만난 유일한 여성이었다. 사진을 찍으려 하면 싫어할 것이라고 생각했지만 실제로는 카메라를 들이대자 매우 기뻐하면서 포즈까지 취해주었다. 정말로 뭐가 뭔지 알 수 없는 마을이다. 한 시간 정도 있었을 뿐인데 왠지 너무나 피곤해졌다.

"여기, 왜 그런지 몰라도 기분 나빠요. 빨리 나가는 게 좋을 것 같아요"라고 마쓰무라 씨가 말한다. 나도 동감이다. 마지막으로 경찰에게 길을 물었다. "여기에서 우르데레까지 국경을 따라 가는 길은 지도상으로는 매우 좁아 보이는데 지나가는 데 문제는 없을까요?"라고.

그는 우리의 파제로(자동차)를 보더니 "음, 이 차라면 문제없

하카리에서 만난 유일한 여성.

다"라고 말했다. "보통 차라면 조금 어렵겠지만 이 차라면 갈 수 있어요. 노 프라블럼." 그리고 상냥하게 미소를 짓는다.

과연 정말일까, 정말 노 프라블럼인 걸까. 조금 걱정이 되긴 했지만 그렇다고 다른 길이 있는 것도 아니고 어쨌거나 이제 우르데레까지 가보는 수밖에 없다.

하지만 이 길은 실제로는 최고의 프라블럼들로 가득 찬 길이었다. 길 자체도 산을 넘어가는 상당히 험한 길이었지만 문제는 그것뿐만이 아니었다. 나중에 알아본 바에 의하면 이 길은 쿠르드인 산악 무장 게릴라가 출몰하는 가장 위험한 지역이었던 것이다. 물론 경찰도 그 사실을 알고 있었을 것이다. 하지만 알려주지 않았다. 겉으로는 게릴라 따위는 존재하지 않는 것으로 되어 있으니까. 게릴라의 숫자는 약 천 명 정도로 군 주둔지를 빈번히 습격한다. 인기척이 없는 곳에서는 **절대로** 하이킹과 캠핑을 해서는 안 되는 것이다(아아, 그런데 우리는 아무것도 모르고 이곳에 캠프를 쳤던 것이다).

무장한 쿠르드인 그룹이 딱 한 번 우리 차를 세운 적이 있었다. 그들은 권총과 구식 라이플로 무장을 하고 있었다. 모두 머리에 터번을 두르고 있었고, 햇빛에 그을렸으며, 얼굴에는 깊은 주름이 패어 있었다. 표정이라는 것은 전혀 없었다. 두 눈이 번쩍번쩍 빛나고 있을 뿐이다. 분위기가 너무나 긴박하다고 느꼈기 때문에 나는 주머니에서 말보로를 꺼내 모두에게 한 개비씩 나누어주었다. 다섯 명의 사내는 그 말보로를 받아 입에 물었다. 나는 라이터로 불을 붙여주었다. 누구도 아무 말도 하지 않는다. 경직된 침묵이 꽤 오래 계속됐다. 강렬한 햇빛에 라이플의 총신이 빛나고 있었다. 여전히 누구도 아무 말도 하지 않는다.

잠시 후 한 명의 사내가 내 옆으로 다가와 얼굴을 쑥 들이밀더니 갑자기 손가락으로 눈의 아랫부분을 뒤집어 흰자위를 보였다. 그리고 나에게 터키어로 뭔가를 설명했다. 그는 삼십 초 정도 나의 얼굴에서 약 30센티미터가량 떨어진 위치에서 계속 그 흰자위를 보여주었다. 자세히 보자 눈은 굉장히 빨갛고 부어올라 있었다. 그가 무슨 얘기를 하는지는 알 수 없었다. 내가 이해했던 건 "당신들은 비엔나에서 왔는가?"라는 단 한마디뿐이었다. "아니다"라고 내가 대답하자 상대방은 아쉽다는 듯이 고개를 내저었다. 그리고 나에게 가도 된다고 했다.

그때는 몰랐지만 아마 그들은 이라크에서 국경을 넘어 도망쳐 온 쿠르드인들이었을 것이다. 그리고 나에게 겨자가스에 충혈된 눈을 보여주고 싶었던 것이었을 게다. 그것 말고는 그가 우리에게 일부러 눈을 뒤집어서 보여줄 이유 따위는 전혀 없기 때문에. 그는 아마 우리를 비엔나에서 온 사찰단이라고 생각했을 것이다. 그리고 아마 그들은 이라크군의 독가스 공격으로 가족을 잃은 사람들일 것이다. 그리고 이라크군의 만행을 전 세계에 알려주기를 바랐을 것이다. 특히 이 당시에는 앞에서도 언급했듯이 터키 정부가 국경을 넘는 쿠르드인과 외국인 저널리스트의 접촉을 완전히 금지했기 때문이다. 나는 진심으로 그들을 동정하고 아무리 사정을 잘 몰랐다고는 해도 그들을 위해 아무것도 해주지 못했던 것에 대해 너무나 미안하게 생각한다.

하지만 그건 그렇다고 해도 그 당시 광경을 상상해본다면 이해할 수 있겠지만, 산길에서 무장한 쿠르드인 무리에게 차가 멈춰 세워지고, 주위를 빙 둘러싸인 채 눈앞에서 갑자기 눈의 흰자위를 뒤집어 보이는 꼴을 당한다는 것은 상당히 무서운 경험이었다. 두 번 다시 그런 일은 겪고 싶지 않다.

말보로

세상에는 여행 안내서가 넘쳐나고 있고 그 속에는 별의별 종류의 정보가 담겨 있다. 물론 도움이 되는 정보도 분명히 들어있다. 하지만 도움이 되지 않는 정보도 많다. 제일 많은 것은 도움이 될 것 같으면서 되지 않는 어중간한 정보다. 또한 편견에 빠진 정보. 어디에선가 가져온 2차 정보. 그리고 한마디 더 하자면, 이것은 일본의 여행 안내서에 해당된다고 할 수 있는데 문장이 너무나 재미가 없다. 외국의 안내서는 전체적으로 문장에 유머가 넘치고 읽을거리도 많아 충분히 즐길 수 있도록 만들어져 있다.

한편 여행 안내서를 읽고 그 정보 중에서 어떤 것이 도움이 되고 어떤 것이 도움이 되지 않는가를 판단하는 것은 어려운 일이다. 특히 처음 가는 나라라면(생각해보면 대부분 처음 가는 나라이기 때문에 여행 안내서를 읽을 것이겠지만) 이 판단은 더 어려워진다. 그리고 여행의 종류와 목적, 기간, 그 사람의 개성이나 체력에 따라서도 도움이 되는 것과 도움이 되지 않는 것은 달라진다. 모든 사람들에게 도움이 되는 여행 정보라는 것은 어쩌면 존재하지 않을지도 모르겠다. 난 그리스를 여행할 때 언제나 가방에 초밥에 딸려 나오는 작은 간장을 넣어 가지고 다녔는데, 이것을 타베르나에서 생선 요리에 뿌려 먹거나 해서 매우 큰 도움이 되었다. 하지만 '그런 건 쓸데없는 짓이다. 그 나라에 가면 그 나라의 전통대로 음식을 먹어야 한다'는 사고방식을 가진 여행자들에게는 불필요한 정보일 것이다.

어쨌든 장기간에 걸쳐 터키를 여행하려는 사람에게 절대적으로 도움이 되는 정보를 하나 소개하고자 한다. 당신이 담배를 피우든 피우지 않든 반드시 말보로를 한 보루 사가기를 권한다. 이건 정말 큰 도움이 된다. 나는 터키에 가기 전에 어딘가의 여행 안내서에서 이 이야기를 읽고, 에이 설마 하면서도 혹시 몰라 면세점에서 한 보루를 사 갔는데 실제로 정말 큰 활약을 해주었다. 터키에서는 담배를 권하는 것이 우호 교류의 첫걸음이고, 특히 시골에서는 말보로가 높은 평가를 받는다. 친절한 대접을 받고 난 뒤에 돈을 주는 것은 실례가 될 수 있고, 무엇보다 얼마를 줘야 할지 알 수 없을 때 말보로를 한 갑 건네면 대부분의 문제는 해결된다. 사진을 찍어달라고 부탁한 뒤 예를 표할 때도 말보로면 오케이. 군대의 검문을 받고 이야기가 길어질 것 같으면 "시가라^{sigara boregi, 터키식 궐련}?"라고 말한 뒤 활짝 웃으며 말보로 한 개비 내밀면 대부분 쉽게 해결된다. 그야말로 마법의 담배다. "말보로가 아니면 안 돼? 윈스턴은?"이라는 질문을 받는다면 어떻게 대답을 해야 할지 잘 모르겠다. 하지만 왠지 말보로가 아니면 안 될 것 같은 느낌이 든다. 말보로라는 것은 아마도 하나의 상징인 것이다. **아마도.**

Come to Marlboro country.

그런데 이 말보로 현상은 오지에 가면 갈수록 더욱 뚜렷하게 나타난다. 동부 아나톨리아를 여행하다 보면 어린아이부터 다 죽어가는 노인네까지, 양치기부터 군인까지 사람의 얼굴을 보면 손가락 두 개를 입에 갖다 대고 담배 피우는 흉내를 내고는 "시가라?"라고 말하는 것이다. 물론 모두에게 주다 보면 끝이 없기 때문에 주지 않는다. 길을 물어본다든가 사진을 찍어준다든가 하는 식으로 뭔가 신세를 진 사람에게 준다. 왜 다들 그렇게 담배를 원하는지 나로서는 알 수가 없다. 담배가 부족한 것 같지는 않았다. 전에는 담배가 부족했다는 얘기를 들은 적이 있지만 지금은 어디를 가나 담배를 팔고 있다. 키오스크(가게)에 가면 손쉽게 살 수 있다. 하지만 다들 담배를 원한다. 아마도 시골에 사는 사람들은 담뱃값이 부족할 만큼 가난할지도 모른다. 나 같은 사

마르마리스의 빵집. 말보로 광고 포스터가 유리창 여기저기에 붙어 있다.

람은 그렇다면 금연을 하면 될 것 아닌가 생각하겠지만 터키에서는 금연이라는 개념이 거의 존재하지 않는지(3주간의 여행 중에 단 한 번 이즈미르 근처에서 해골이 담배를 피우고 있는 빛바랜 금연운동 포스터를 봤을 뿐이다) 남자들은 거의 모두 틀림없이 담배를 피운다. 한 개비를 내밀면 그것을 귀에 꽂고 한 개비를 더 받아 그것을 입에 물고 불을 붙인다. 불은 없느냐고 물어온다. 라이터를 꺼내 불을 붙여준다. 라이터를 건네주면 그 라이터는 결코 돌아오지 않는다. 절대 과장이 아니다. 나는 관청이나 레스토랑의 테이블에서 잠깐 빌려달라고 해서 빌려주었던 볼펜을 되찾는 데 굉장한 고생을 했다.

한번은 동부 아나톨리아의 시골 구석에서 굉장한 숫자의 양 떼들에 길이 막힌 적이 있다. 우리 앞에는 메르세데스 캠핑카에 탄 독일인이 있었는데 그들 역시 어쩔 줄을 몰라 하고 있었다. 그야말로 바다와 같은 양 떼였다. 그렇게 굉장한 숫자의 양 떼를 본 것은 그때가 처음이었고 앞으로도 아마 경험하기 힘든 일일 것이다. 고개를 돌리는 곳마다 양, 양, 양이다. 당나귀를 탄 양치기 몇 명과 큰 양치기 개가 그 무리를 몰고 있었다. 우리도 독일인도 양의 사진을 찍었다. 그러자 양치기가 다가와 사진을 찍으려면 돈을 내라고 한다. 독일인은 어쩔 수 없다는 듯이 고개를 저으며 돈을 얼마간 지불했다. 우리는 대여섯 개비 남은 말보로

디고르 부근에서 만난 양 떼.

를 갑째 내밀었다. 이 양치기는 보기에도 탐욕스럽고 뻔뻔한 녀석으로 더 내놓으라고 하기에 이제 없다고 말했지만 순순히 물러나지 않았다. 마지막에는 양을 한 마리 사라고까지 한다. 말도 안 되는 얘기다. 도망을 칠 수밖에 없다.

이 주변의 양치기는 대부분 거친 사람들이 많다. 눈빛이 예리하게 번뜩이고 있다. 보기에도 유목 민족의 후예라는 분위기가 풍긴다. 성격도 난폭해 보인다. 이런 무리에게 담배를 한 개비 건네면 여러 개비를 가져가려고 한다. 아이들도 거칠다. 한번은 차를 타고 벽지의 양치기 마을을 지나가려다가 지독한 일을 겪었다. 우리가 차로 그 마을에 들어서자 아이들 무리가 어디에선가 우르르 몰려들더니 차 앞을 가로막았다. 속도를 낮추자 모두 필사적으로 차에 매달린다. 그리고 "시가라, 시가라"라고 소리지른다. "셔츠, 셔츠"라고 말하는 아이들도 많다. 창문을 쾅쾅 두드린다. 하지만 차를 세웠다가는 끝이다. 그대로 돌파할 수밖에 없다. 하지만 그냥 지나가다가 한 명이라도 다치게 한다면 큰 일이 된다. 아마 주변의 어른들에게 맞아 죽을지도 모른다. 이런 세상 끝 같은 곳에서 죽음을 당한다면 암흑 속에 매장을 당하고 시신조차 발견되지 않을 것이다. 농담이 아니다. 이런 곳에서 죽고 싶지는 않다. 그리고 만약 운이 좋아서 다행스럽게 경찰에 끌려간다고 해도 이번에는 악명 높은 터키 형무소가 기다리고 있다. "터키에서 신상에 관련된 사건을 일으키면 이유와는 상관없이 끝이니까 조심하세요"라는 관계자의 충고가 귀에 선하다. 그 사람은 터키에서 인신사고를 냈다가 형무소에 들어갈 뻔한 일본인 친구를 온갖 수를 다 써서 국외로 도망시킨 얘기를 들려주었다. 그런 일은 당하고 싶지 않다.

어떻게든 아이들을 다치지 않게 뿌리치고(마지막까지 뒷문에 매달려 있던 녀석을 뿌리치고) 탈출하자, 이번에는 아이들이 차에 돌을 던진다. 큰일이다.

이 악몽 같은 마을의 이름은 잊었다. 지도에도 나와 있지 않은 장소였다. 우리는 길을 잃고(길을 잃었다기보다 양치기 소년이 거짓으로 길을 가르쳐주어서) 이 마을에 와버린 것이다. 어째서 그들이 그렇게 필사적으로 담배를 원하는지 나로선 알 수가 없다. 하지만 어쨌거나 터키에 간다면 말보로를 가져갈 것을 권한다.

24번 국도의 악몽

국도 24번 도로는 이라크 국경 마을 지즈레에서 시리아 국경을 따라 곧장 서쪽을 향해 뻗어 있는 산업도로다. 지중해에 닿은 뒤에는 다시 북쪽을 향한다. 이 도로는 이라크에서 수입한 석유를 트럭에 싣고 북부로 옮기기 위해 만들어졌다. 또 다른 이름은 '딧카트 도로'. 이곳을 통행하는 대부분의 자동차는 대형 석유 수송차인데 후미에 커다랗게 '딧카트!(조심!)'라고 씌어 있기 때문이다. 그리고 그 옆에는 기분 나쁜 해골 마크가 그려져 있다.

우리가 동부 아나톨리아의 먼지투성이의 산길을 가까스로 탈출해서 겨우 다다른 포장도로가 바로 이 '딧카트 도로'였다. 문제가 하나 풀리고 나니 또 다른 문제가…… 하는 식이다. 터키의 내륙 여행은 여행자들을 편안하게 내버려두지 않는다.

24번 국도는 도로 자체만 보면 제대로 만들어진 도로다. 포장도 되어 있고, 함몰된 곳도 없고, 거의 일직선에 쿠르드인 무장 게릴라도 없다. 단지 이 24번 국도의 가장 큰 문제점은 도로가 편도 1차선밖에 없다는 것이다. 그래서 앞차를 추월하려면 중앙선을 넘어가서 추월할 수밖에 없다. 그런데 이 도로는 앞에서도 언급했듯이 석유 수송차로 넘치고 있다. 앞에 잔뜩 마치 무거운 혹처럼 석유 수송차들이 떡하니 가로막고 있는 것이다. 그런 차들을 한 번에 대여섯 대 추월하지 않으면 앞으로 나아갈 수 없다. 앞으로 나아가지 못하면 시속 40킬로미터로 달릴 수밖에 없으니 추월하지 않을 수 없다. 그러나 반대 차선에도 석유 수송차가 잔뜩 있다. 말 그대로 그 사이사이를 빠져나가면서 추월해야 하는 것이다. 그리고 틈만 나면 석유 수송차가 석유 수송차를 추월한다. 석유 수송차 중에도 비교적 빠른 것과 느린 것이 있기 때문이다. 하지만 빠르다고 해봤자 어차피 석유 수송차이기 때문에 그렇게 빠르지는 않다. 그러므로 당연히 추월하는 데 시간이 걸린다. 그런 두 대가 비틀비틀 나란히 앞에서 달려오면 우리는 도망칠 곳조차 없다. 부딪치면 그쪽이야 상관없겠지만 이쪽은 완전히 납작하게 찌그러질 것이다. 게다가 자세히 살펴보면 미처 피하지 못했거나 채 핸들을 꺾지 못한 석유 수송차와 승용차들이 영화 〈스파르타커스Spartacus〉에서 전투가 끝난 뒤의 장면처럼 도로 옆에 뒹굴고 있다. 대형 사고가 발생하지 않는 것이 신기할 뿐이다(발생하고 있을지도 모른다).

이라크에서의 석유 수송은 내륙 쪽이 안전하고 가까운 것이 사실이다. 하지만 그렇다면 왜 송유관을 설치하지 않는 건지 나는 이해가 가지 않는다. 사고를 생각하면 그 편이 더 안전하고 자동차 기름 값도 들지 않으므로 더 값싼 것이 아닌가 하는 생각이다. 이렇게 많은 수의 석유 수송차들을 정신없이 왔다 갔다 하는 피스톤처럼 운전시키면 공기도 나빠지고 위험하기도 하다. 하지만 전략적인 차원에서 생각해보면 송유관이 단 한 번이라도 공격을 받아 파괴되면 그것으로 끝이다. 그래서 비경제적이고 위험하더라도 일일이 석유 수송차로 운반하는 편이 나라의 정책으로서는 합리적인 것일 게다. 하지만 그렇다면 적어도 도로를 편도 2차선으로 만들어주면 좋을 텐데, 하고 나는 생각한다. 정말로 이곳은 상상을 초월하는 지독한 도로다. 악몽이라고 해도 과언이 아니다. 아무 과장도 하지 않고, 이 '딧카트 도로'에서 딱 한 시간만 운전하면 몸도 마음도 녹초가 되어버린다.

이렇게 말하는 것은 조금 그렇지만 터키의 운전사들은 대부분 매너가 좋지 않다. 풍속이나 습관의 차이를 고려해 아무리 호의적으로 생각해도 적어도 우리들의 감각으로 본다면 그들의 운전 습관을 '양호하다'라는 범주 안에 넣기에는 상당한 거부감을 느낀다. 우선 첫 번째, 난폭하다. 다소 무리를 해서라도 점점 앞으로 나가려고 한다. 이탈리아, 그리스, 터키 모두 둘째가라면 서러워할 만큼 난폭한 운전을 하는 대표적인 나라지만, 사람을 아

남동부 디야르바키르에서 우르파로 이어지는 고원 길.

지즈레, 24번 국도를 달리는 트럭들이 휴식을 취하고 있다.

연케 만든다는 점에서는 나는 이 세 나라 중에서 역시 터키에 금메달을 주고 싶다.

이 24번 국도의 운전자들도 난폭했다. 이쪽이 브레이크를 밟지 않으면 정면충돌할 것처럼 무섭게 추월을 한다. 그래서 경적을 울리기도 하고 라이트를 깜빡이기도 하는 것이 계속된다. 게다가 석유 수송차 운전자들은 중노동 때문에 다들 지쳐 있다. 그들은 이 길고 험한 도로를 거의 곡예를 하듯 왕복하고 있는 것이다. 하루 24시간, 이 도로의 교통은 멈추는 일이 없다. 게다가 차의 상태도 좋다고는 할 수 없다. 긴 오르막길의 여기저기에는 전사한 석유 수송차들이 공룡 같은 그 시체를 드러내고 있다. '터키에서 가장 위험한 도로'라고 불리는 것도 무리는 아니다. 나는 피치 못할 사정이 없는 한 이 24번 국도를 두 번 다시 달리고 싶지 않다.

그리고 이 24번 도로는 이라크 국경에서 군의 검문이 많았던 것에 비해 경찰의 검문이 많다. 사방에서 경찰이 트럭을 길가에 세우고 짐 검사를 한다. 밀수품을 적발하고 있는 것이다. 이것도 교통 혼잡에 한몫을 하고 있다. 무엇보다 우리는 이 검문과 전혀 상관없는 사람들이다. 경찰은 우리를 보면 손을 흔들며 '가도 좋다'라고 한다.

시리아 국경과 제일 근접한 지점에는 몇 겹으로 철조망이 둘러쳐져 있고 군의 감시탑이 늘어서 있어서 삼엄한 공기가 떠돌고 있다. 길을 따라 어울리지 않을 정도로 최신의 조명등이 늘어서 있는데 이것은 길을 밝히기 위해서가 아니라 밀수업자와 테러리스트들이 국경을 넘는 것을 막기 위한 것이다.

24번 국도에는 그다지 마음을 따뜻하게 해줄 만한 요소는 존재하지 않는다.

24번 국도의 마을

먼저 지즈레. 여기부터 드디어 시리아와의 국경이 된다. 이라크 국경에는 험준한 산들이 솟아 있지만 시리아 국경으로 들어오면 갑자기 넓고 막막한 평원이 펼쳐진다. 풍경이 변하고 사람들의 복장과 풍모도 변한다. 중앙아시아 분위기의 풍경은 점점 아랍 색채를 띠기 시작한다. 아라파트가 두르고 다니던 것과 비슷한 터번이 늘어나고 남자들은 다리 사이가 축 처진 바지를 입고 있다. 지팡이를 짚고 있는 사람이 많아진다. 사막이 눈에 띄기 시작하고 낙타의 모습까지 보인다. 아라비아 문자가 많아진다. 여자들의 복장이 갑자기 선명해진다. 예의 아라비아풍의 반짝이는 옷들이다. 사람들의 피부색이 어두워지고 눈빛이 한층 더 예리해진 것 같다. 그리고 군인들의 검문이 눈에 띄게 줄어든다. 그다지 평화로워 보이는 분위기는 아니었지만 적어도 '계엄

지중해 마을인 메르신의 야경.

디야르바키르, 요새에 둘러싸인 티그리스 강 상류 마을.

령 지역'은 벗어났다는 사실을 실감할 수 있다.

그런데 이 지즈레의 마을 또한 솔직히 말해서 지독한 곳이었다. 우리가 이 마을에 도착한 것은 저녁 일곱 시였다. 호텔 방을 잡고 목이 말라 맥주를 사러 밖으로 나가려고 했더니 "일곱 시가 넘으면 맥주를 살 수 없다, 어디를 가도 팔지 않는다"라고 호텔의 프런트 직원이 말한다. "그럼 어디를 가면 맥주를 마실 수 있는가?"라고 묻자 "그런 곳은 없다"라고 대답한다. "왜 없는 거지?"라고 물어도 아무도 대답해주지 않는다. '일곱 시 이후에 맥주를 마시는 녀석과는 얘기도 하기 싫다'는 분위기였다. 일곱 시 이후에 맥주를 마시는 것이 어째서 나쁘다는 것이냐며 화를 내고 싶었지만 이곳은 남의 나라다. 참아야 한다. "저기 물이 있으니 물을 마셔라"라고 그는 로비(라고 부르기에는 상당히 저항감이 느껴지는 공간이지만)의 냉수기를 가리킨다. 나는 터키를 3주 동안 돌았지만 냉수기를 본 것은 이번이 처음이자 마지막이다. 왜 이런 가축우리 같은 호텔에 냉수기 같은 물건이 있는지 나로서는 지금까지도 이해할 수 없다. 하지만 확실히 있었다. 나는 굉장히 목이 말랐고 이 냉수기가 굉장히 매력적으로 보였기 때문에 그곳에 놓여 있던 잔으로 차가운 물 두 컵을 벌컥벌컥 마셨다. 그리고 어느 정도 시간이 지난 뒤에 비극적이라고 할 만한 설사를 겪어야 했다.

나는 위장이 튼튼한 편이라 물을 마시고 탈이 나는 인간이 아니지만 그래도 이곳의 물은 이겨내지 못했다. 그 물은 나를 무자비하게 때려눕히고 목을 조르고 흔들어댔다. 절대로 승산이 없는 싸움이었다. 이 설사는—자세한 설명은 생략하겠지만—굉장했다. 이 모든 것은 지즈레의 사람들이 일곱 시 이후에 맥주를 팔지 않는 탓에 일어난 일이다. 맥주를 손에 넣을 수 있었다면 냉수기 물 따위는 마시지 않았을 테니까. 젠장.

혹시 몰라 이 호텔의 이름을 밝히자면 '기네시 호텔'이다. 숙박비는 한 사람당 350엔. 1인 1실로 꽤 싸기는 하다. 이곳은 상당히 기묘한 호텔이다. 우선 프런트 안쪽이 이슬람 예배소로 되어 있다. 넓이는 다다미 세 칸 정도로 구두를 벗고 이곳에 올라가 머리를 마루에 붙이고 예배를 한다. 이런 곳이 있는 호텔은 처음 봤다. 터키는 이슬람 신앙에 대해서는 그다지 엄격하지 않은 나라지만 이곳은 시리아에 가까운 탓인지 이슬람 색채가 한층 짙어진다. 맥주를 마실 수 없었던 것도 아마 그 탓일 것이다. 반바지를 입고 다니면 동네 사람들이 굉장히 기분 나쁜 눈으로 쳐다본다. 나를 보더니 퉤하고 땅에 침을 뱉는 녀석까지 있다. 가게에 들어가서 크래커와 생수를 사려고 하자 "당신은 이슬람교도인가?"라고 묻는다. 아니라고 하면 물건을 안 파는 건 아닐까 한순간 걱정했지만 다행히 살 수 있었다. 하지만 이방인에게

이라크와 국경이 가까운 지즈레 부근. 이 부근에는 게릴라가 많다.

하카리에서 우르데레 사이, 산을 따라 난 험준한 길.

남동부 우르데레에서 지즈레 사이의 국도.

지즈레 근교, 양치기 소년들.

는 전혀 우호적인 마을이 아니다. 시실리 못지않다.

이 호텔은 예배소의 안쪽이 정원처럼 개방된 공간으로 주변에
는 형무소같이 방들이 늘어서 있다. 3층 건물이다. 1층에는 샤워
실이 있다(믿을 수 없는 얘기지만 이곳의 샤워기는 **빨간 꼭지가 찬물**이고
파란 꼭지가 뜨거운 물이다. 덕분에 나는 마지막 순간 그 사실을 깨닫기까
지 계속 화를 내면서 찬물에 샤워를 하고 있었다). 그리고 주변에서는
틀림없이 똥 냄새가 난다. 그래도 350엔이기 때문에 불평할 수
는 없다. 이 마을에는 또 하나, 아마 여기보다 훨씬 더 지독할 것
이라고 추측되는 호텔이 있다. 어느 쪽을 선택할지는 개인의 자
유다. 그다지 즐겁지 않은 자유이긴 하지만.

호텔 앞을 24번 국도가 지나고 있다. 석유 수송차가 굉음을 울
리며 꼬리를 물고 지나간다. 이런 상황이 밤새도록 계속된다. 아
침까지 멈추지 않는 것이다. 술을 마시고 자버려야지 해도 술이
없다. 창문이 도로의 진동으로 부르르 떨린다. 게다가 새벽이 되
면 대부분의 석유 수송차가 마을을 지나가면서 있는 힘껏 경적
을 울린다. 무슨 신호처럼 바오오오오오오! 하고. 나는 너무나
피곤했기 때문에 어떻게든 잠이 들었지만 그래도 몇 번이나 깨
서 〈람보 2〉의 주인공처럼 로켓탄으로 이곳에 있는 모든 것을 날
려버리고 싶다는 격렬한 충동에 사로잡혔다.

이 24번 국도를 제외한 마을의 길은 어둡고 지저분했다. 우리

가 마을에 들어왔을 때 중심가에 말라빠진 소 한 마리가 방목되어 있는 듯 어슬렁거리고 있었다. 이 소는 우리가 잠들기 전에도 여전히 어슬렁거리고 있었고, 아침에 빵을 사러 밖으로 나왔을 때도 여전히 유유히 걷고 있었다. 어쩌면 이 마을에는 소를 가두는 우리라는 것이 없는지도 모른다. 어쨌거나 지독한 곳이다. 내가 산책을 하러 나가자 근처에 있던 아저씨가 "당신은 네덜란드 사람인가?"라고 물어왔다. 대체 나의 어디가 네덜란드 사람처럼 보이는 것일까?

한편 이 소가 어슬렁거리는 중심가를 따라 지즈레 마을은 문자 그대로 두 개의 구역으로 나뉘어 있다. 그 이유는 마을에 커다란 두 가문이 있는데 두 가문은 서로 오랜 세대에 걸쳐 피 튀기는 싸움을 계속하고 있기 때문이다. 이런 것도 시실리와 비슷하다. 이 두 가문의 사람들은 서로 말도 하지 않는다. 사는 곳도 다르다. 그들은 이 중심가를 경계로 오른쪽과 왼쪽으로 갈라져서 살고 있다. 그리고 절대로 서로 섞이려고 하지 않는다. 이쪽에 우체국이 있고 저쪽에 약국이 있다. 하지만 이쪽 사람은 저쪽 약국에 들어갈 수 없고 저쪽 사람은 이쪽 우체국에 갈 수 없다. 아무리 생각해도 루이스 캐럴^{(이상한 나라의 앨리스)의 저자} 비슷한 비합리적이고 말도 안 되는 얘기지만, 남의 나라에 있는 남의 마을이다. 논평은 삼가자.

이 지즈레 마을에 관해 또 한 가지 너무나 선명하게 기억하고 있는 것이 있다. 내가 밤 열한 시 전에 세면장에 양치질을 하러 가보니 옆의 세면대에서 젊은 남자가 검은 가죽 구두를 씻고 있었다. 그것뿐이라면 그래도 괜찮다. 조금 지저분하다는 생각은 했지만 그다지 부자연스러운 일은 아니니까. 그러나 이 남자는 실제로 그 구두를 신은 채 발과 구두를 함께 씻고 있었다. 즉 으랏챠, 하고 발을 들어 올려 세면대에 넣은 뒤 그대로 씻고 있는 것이다. 상당히 힘든 자세다. 그것도 구두를 신은 채로. 그것은―실제로 그것을 보지 않고서는 이해하기 힘들지 모르겠지만―정말로 기묘한 광경이었다. 나는 정말로 뭐가 뭔지 알 수가 없었다. 눈이 마주쳤기 때문에 "안녕하세요(이이 악샴라르)"라고 말하자, 그쪽도 너무나 자연스럽게 "이이 악샴라르"라고 한다. 그리고 나는 이를 닦고 그는 계속해서 신발과 발을 씻었다. 어째서 그래야만 하는지 나는 지금도 이해할 수 없다. 뭔가 이슬람교와 관련된 것일까? 밤 열한 시에 구두를 신은 채 발을 씻는 것이? 아니면 세면대에 발을 넣은 채 신발을 닦는 행위가?

24번 국도를 따라서

어떻게 할 수 없을 정도로 음울하고 지저분한 지즈레의 마을을 떠나 지중해로 향한다. 도중에 '딧카트 도로' 24호선에 너무 싫증이 나서, 북쪽으로 방향을 바꾸어 디야르바키르에 들르기로 한다. 디야르바키르는 쿠르드 마을이다. 큰 마을이다. 이 부근 인구의 태반은 쿠르드인. 그러므로 이곳 주변은 군부대투성이다. 그러나 이 병력은 이곳을 지키기 위한 군대가 아니라 마을을 포위하고 있는 부대이다. 내가 디야르바키르에 도착하기 전에 들렀던 마르딘이라는 마을의 외곽에 있는 기지에서는 야포의 포신이 모두 쿠르트인이 사는 마을 쪽을 향하고 있었다. 쿠르드인의 반란이 일어나면 바로 한 방 포격을 가할 듯하다. 정말 지독한 이야기이다. 남의 나라, 남의 마을 얘기라고 치부한다면 그뿐이지만.

이라크 국경의 산악지대는 쌀쌀했지만 시리아 국경으로 들어오면 기온이 확 올라간다. 햇볕 아래에 있으면 머리가 어지러울 정도의 더위다. 너무나 덥다. 콧구멍 속이 건조해서 버석거린다. 숨을 들이쉬면 코의 점막이 따끔따끔 아프다. 차의 에어필터는 눈 깜짝할 사이에 먼지투성이가 된다.

디야르바키르는 매우 오래된 마을로, 주변은 검고 높은 벽이 둘러싸고 있다. 원주민은 이 도시를 '중동의 파리'라고 부르며 이 벽이 만리장성의 뒤를 이어 세계에서 두 번째로 길다고 주장한다. 두 가지 모두 거짓말에 가까운 과장이다. 그것은 누마부쿠로를 세이부센의 덴엔초후라고 부르고, 나카하타 기요시를 일본의 베이브 루스라고 부르는 정도의 과장이다.

그건 그렇다 치고 디야르바키르는 예부터 교통의 요충지로 이 지역을 차지한 여러 민족의 지배를 받아왔다. 로마인이 이곳을 지배했을 때는 사산 왕조 페르시아에 대한 최전선 요새가 되었다. 다음으로 페르시아인이 이 마을을 손에 넣었지만 오래가지 않았고 비잔틴 제국의 손으로 넘어갔다. 이어서 회교도 아랍인들, 우마이야인, 압바스 왕조의 아랍인들이 쳐들어왔다. 마르왕 왕조 쿠르드가 쳐들어오고, 셀주크가 오고, 백양 왕조의 투르크만이 오고, 다시 페르시아인이 오고, 마지막으로 오스만 투르크의 손으로 넘어갔다. 정말이지 현관 매트 같은 마을이다.

이 마을에서 노천 카페에 들어가 앉으니 바로 아이들이 몰려들었다. 아이들은 대부분 까까머리였다. 까무잡잡한 얼굴에 지

남동부 마을인 디야르바키르, 공원에서 소녀를 찍으려고 카메라를 들자 주위의 시선이 쏠린다.

디야르바키르 사람들. 무거운 짐은 머리에 이거나 어깨에 얹고 다닌다.

남자끼리 팔짱을 끼고 걷고 있다(디야르바키르에서).

지중해 연안의 리조트 페티에의 여학생.

저분한 옷을 입고 있다. 이 아이들이 무엇을 하느냐, 아무것도 하지 않는다. 그저 주변을 빙 둘러싸고 서 있을 뿐이다. 그리고 표정 하나 바꾸지 않고 나를 물끄러미 바라본다. 아무 말도 하지 않는다. 그저 보고 있을 뿐이다. 나는 언제나처럼 카페에서 일기를 쓴다. 마을에 도착하면 나는 카페나 차이하네에 들어가 일기를 쓰고 마쓰무라 씨는 사진을 찍으러 간다. 차 안에서는 글씨를 쓸 수 없고 호텔에도 뭔가를 쓰기에 적합한 테이블은 없기 때문이다(대부분의 경우 그곳에는 테이블조차 놓여 있지 않았다). 그러므로 휴식 시간에 카페나 차이하네의 테이블에서 그때까지 있었던 일을 쭉 정리해둔다. 다음에는 어디서 쓰게 될지 모르니 뭔가를 쓸 수 있을 때 써두지 않으면 어디에서 무슨 일이 있었는지 금방 잊어버리게 된다. 여러 가지 일을 겪고, 비슷한 마을이 이어지기 때문에 앞뒤가 혼란스러워지는 것이다. 여행에 대해 뭔가를 쓸 때는 일단 무엇이든 좋으니 상세한 일을 바로 메모하는 것이 중요하다.

나는 아이들을 무시하고 서둘러 일기를 써내려간다. 아이들이란 존재하지 않는다, 나는 혼자다, 라는 태도를 고수한다. 하지만 아이들도 지지 않는다. 내가 어느 정도 무시를 하며 묵묵히 일기를 써도 그들은 계속 그곳에 선 채 움직이지 않는다. 나를 계속 바라보고 있다. 가끔 웨이터가 와서 파리를 쫓듯 아이들을 쫓아낸다. 하지만 오 분도 지나지 않아 그들은 돌아온다. 그리고 나를 둘러싼 뒤 다시 물끄러미 바라본다. 끈기 싸움이다. 나도 고집이 센 편이라 이런 아귀들에게 질까 보냐 하고 생각한다. 아이는 존재하지 않는다고 생각하면 존재하지 않는 것이다. 존재라는 것은 인식을 기반으로 삼는 것이다.

하지만 나도 끝내 두 손을 들고야 만다. 오래 참기 경쟁에서 터키인을 이기기 위해서는 상당히 강인한 신경이 필요하다. 이 때도 나는 아이들의 무표정한 침묵을 도저히 참을 수 없었다. 자리에서 일어나 계산을 하고 근처에 있는 맥줏집으로 들어갔다. 여기라면 아이들은 오지 못할 테니. 그러나 아이들은 오지 않았지만 이곳 역시 지독한 곳이었다. 우선 깜깜하다. 아직 오전 열한 시인데 움막처럼 어두웠다. 그것도 어딘지 모르게 외설스러운 어두움이다. 터키의 맥줏집이라는 것은 마치 맥주를 마신다는 행위가 인간에게 중대한 범죄라도 되는 듯이 대부분 어둡고, 외설스럽고, 수상하고, 기분 나쁜 냄새가 난다. 인생의 낙오자가 모여드는 곳 같은 느낌이 든다. 손님들도 무뚝뚝하고 어두운 얼굴로 맥주를 마시고 있다. 벽에는 야한 사진이 붙어 있다. 종업원은 불친절하고 폭력적이다. 물론 그렇지 않은 집도 있을 것이다. 하지만 내가 터키의 시골에서 들어간 곳들은 모두 그랬다. 왜 그런지는 모르겠다. 이것도 터키의 수수께끼 가운데 하나다.

물건을 머리에 인 채 능숙하게 균형을 잡고 걷고 있는 우르파의 소년.

이른 아침 공원에 모여 있는 우르파 사람들. 카메라를 들이대자
많은 사람들의 시선이 우리에게 향했다.

우르파, 이른 아침 노상에서 염소가 산책을 하고 있다.

우르파의 콩을 파는 소년.

우르파 거리의 공중 급수대에서 물을 마시는 남자들.

차이, 치즈, 올리브, 빵이 나온 레스토랑의 아침 세트(우르파에서).

디야르바키르에서 우르파 사이, 24번 국도 연안에서 낙타를 탄 여성들이 쉬고 있다.

이른 아침 호텔 앞에 모여 있는 남자들(우르파에서).
이 모습은 마치 일본의 예전 쇼쿠안(직업소개소) 앞을 연상시킨다.

차나칼레에서 훼리를 기다리며 신문을 보고 있는 하루키.

내가 케말 아타튀르크^{터키의 초대 대통령}였다면 좀 더 맥줏집을 밝게 했을 텐데.

어쨌거나 이 맥줏집에 들어와 겨우 혼자가 되어 생맥주를 주문한다. 심한 설사로 목이 말랐었다. 그리고 맥주를 마시고 다시 설사를 했다. 디야르바키르에서는 좋은 추억이라고는 없다.

아니, 좋은 일이 하나 있기는 했다.

전화국에 가서 공중전화에 제톤Jeton(전화용 코인)을 20엔어치 넣고 일본에 전화를 했더니 원래는 십 초 만에 끊겨야 하는데 고장이 나는 바람에 이십 분이나 통화를 할 수 있었다. 이것은 기적이었다.

어쨌든 터키의 전화는 제대로 연결된 적이 없었다. 그런데 이때는 기적이 일어나 도쿄에 있는 아내와 이십 분 동안이나 공중전화로 얘기를 나눌 수 있었던 것이다. 아내는 내가 그녀를 버려두고 터키로 훌쩍 떠난 것에 대해 화를 내고 있었다.

"당신 전화 한 통 안 했잖아요. 내가 얼마나 걱정을 했는지 알기나 해요?"

그녀는 화를 냈다. 나는 터키의 전화가 얼마나 엉망인지 설명했다. 공중전화는 연결되지 않고 혹시나 싶어 얼마 전에는 전화국에서 교환을 통해 전화를 했었는데 연결되지도 않았으면서 1,000엔만 뜯겼다고. "그럼 호텔에서 다이렉트 콜로 걸면 되잖

에게 지방의 교크베르에서 돌다리를 건너는 하루키.

지중해 마을 아나무르, 먼 바다 쪽으로 떠 있는 성의 저편에는 키프로스 섬이 있다.

아요"라고 그녀는 말한다. 그녀는 모르는 것이다. **호텔에 전화 따위는 존재하지 않는다**는 사실을. 하지만 어쨌거나 아내와 이십 분 동안 통화를 했다. "남자 둘이서 재미 보고 계시겠네"라고 그 녀는 말했다. 이것 봐라, 하고 나는 생각했다. 대체 여기 어디에 서 재미를 볼 수 있다는 걸까? 둘 다 설사병이 나고, 지독한 도 로에서 목숨을 걸고 운전하고, 더위에 지치고, 개의 습격을 받 고, 어린아이들은 돌을 던져대지 않나, 아침부터 먹을 거라고는 빵밖에 없질 않나, 목욕은 해보지도 못했다고. 어디에서 무슨 재 미를 본다는 말인가?

하지만 나는 아무 설명도 하지 않았다. 그런 얘기를 전화로 해 봤자 이쪽만 비참해질 뿐이다. 이런 이런, 쯧쯧.

여행 안내서에 의하면 이 디야르바키르에는 터키에서도 제일 **지독한** 공인 매춘 지역이 있다고 한다. 하지만 물론 우리는 그런 곳에는 가지 않았다. 호기심으로 이스탄불에 있는 공인 매춘 지 역을 가보긴 했다. 그곳은 정말로 **정말로** 끔찍한 곳이었다. 나의 불쌍한 성욕은 너무나 망연자실해서—제임스 볼드윈풍으로 '만약 성욕에 입이 있다면'이라는 가정 아래 얘기하자면—한참 동안 입을 열 수도 없을 정도였다.

그보다 훨씬 끔찍한 매춘굴이 이 지상에 존재한다는 것은 나 로서는 도저히 상상도 할 수 없는 일이다. 가격은 약 '5달러'라

고 한다. 하지만 나는 농담 삼아 오히려 5달러를 준다고 해도 그
런 곳에는 절대로 가고 싶지 않다.

그것이 디야르바키르, 소위 중동의 파리다.

그리스와 터키의 변경을 찾아 떠나는 하루키의
와일드하고 터프한 모험적인 기행문학
─첫 공개 사진 144컷 수록으로 금상첨화의 감동 배가

임홍빈(任洪彬, 문학사상 대표)

문학의 '도움닫기'로 음미케 하는 격조 높은 기행문학 작품

20세기 후반과 21세기 초반의 현재에 이르기까지 가장 오랫동안 가장 많은 작품을 발표하고, 전 세계에서 가장 많은 애독자를 획득했다고 정평이 나 있는 작가, 무라카미 하루키. 해마다 10월이 되면 노벨문학상의 유력한 후보로 점쳐지며 전 세계 팬들을 흥분시키는 하루키는 명실공히 세계적 작가임이 분명하다. 하루키의 전 작품이 40여 개 나라에서 번역, 출판되었음은 물론이고, 일본의 권위 있는 일간지 〈아사히 신문〉에서 실시한 "지난 1000년의 일본 역사상 가장 뛰어난 문인"에 관한 여론조사에서도 생존하는 문인 가운데 당당히 1위를 차지하며 그의 작가적 역량을 보여주었다.

스물아홉 살 때인 1979년 《바람의 노래를 들어라》로 군조신인상을 받으며 등단한 이래 29년의 작가 생활을 이어오면서 여전히 왕성한 작품 활동을 하고 있는 하루키. 그의 작품목록을 들여다보면, 걸작 중의 걸작으로 알려진 《상실의 시대》《태엽 감는 새》《해변의 카프카》《어둠의 저편》 등의 장편소설을 비롯해, 《밤의 거미원숭이》《신의 아이들은 모두 춤춘다》《도쿄기담집》 등의 소설집, 그리고 《비 내리는 그리스에서 불볕천지 터키까지》《먼 북소리》《비밀의 숲》 같은 에세이집과 번역서까지 합쳐 모두 90여 권이 넘는다.

그가 이렇게 소설과 에세이를 넘나들며 창작 활동을 할 수 있는 '작가적 힘'은 무엇일까? 하루키는 여러 가지 글을 로테이션하듯 번갈아 쓰는 이유에 대해 이렇게 말한 적이 있다.

"소설, 특히 장편소설만 계속 쓰다 보면, 정신적으로 산소 결핍 상태가 될 때가 있다. 그럴 때면 다른 종류의 글쓰기를 통해 여기저기 닫혀 있는 창문을 열고, 신선한 공기를 방 안으로 끌어들인다."

특히 가장 핵심적인 작업이라고 할 수 있는 장편소설을 써나가는 데 있어, 에세이와 같은 경쾌한 글쓰기를 '도움닫기'에 비유한 하루키의 말을 염두에 두고 이 작품을 읽는다면 색다른 맛이 느껴질 것이다.

새로운 소설을 써나갈 중요한 노정路程의 기록

바꾸어 말하면 새로운 소설을 써나가는 데 있어 중요한 사색의 노정으로 삼고 있다고 하는 하루키의 기행문. 그중 그의 고전적 여행 에세이 모음 《먼 북소리》는, 널리 알려진 바와 같이 서양 문명의 발상지인 그리스와, 예술과 문화의 꽃을 만발케 한 이탈리아를 정처 없이 여행하면서 틈틈이 그의 불후의 명작 《상실의 시대》를 완성한 시기에 썼던 기행문이다. 또한 하루키의 첫 기행문이라할 수 있는 《먼 북소리》는 다른 어느 작가도 시도하지 않았던 지극히 독창적이고 특이한 기행문이기도 하다. 기행문이라면 흔히 여행지에서 보고 들은 체험의 기록이라는 점에서 공통성을 찾을 수있다. 그러나 《먼 북소리》는 그런 견문기일 뿐 아니라 창작의 일지이며, 삶과 문학의 근원에 자리한 세계관과 인생관에 대한 관조와탐구의 기록인 동시에, 문체의 실험 등 매우 다채로운 성격의 문장이 가득 수록되어 있다.

《비 내리는 그리스에서 불볕천지 터키까지》는 《먼 북소리》와 같은 해외여행 에세이이다. 하루키가 여행을 한 시점도 비슷하다. 《먼 북소리》가 1986년 가을부터 1989년 가을까지 3년에 걸쳐 그리스와 이탈리아를 중심으로 유럽에서 생활하면서 쓴 여행 에세이라면, 《비 내리는 그리스에서 불볕천지 터키까지》는 우리나라에서올림픽이 한창이었던 1988년에 그리스의 아토스 반도와 터키를여행하고 쓴 기행문이다. 그리스편 '아토스, 신들의 리얼 월드' 와터키편 '차이와 군인과 양, 21일간의 터키 일주' 의 2부로 구성되어 처음 출판 당시에는 작은 두 권의 책으로 선보였으나, 한국판에서는 두 권을 한 권으로 묶은 두 번째 판을 번역 출판하는 것이다.

이 책은 험난한 기후와 거친 식사에 지친 몸으로 하루키가 이른

바 순문학 작가로서는 지극히 보기 드문 세계적인 베스트셀러 작가로 성장하기까지 '장대한 피로', 일종의 정신적 허탈감을 메우기 위한 기행문 모음이다.

1부의 그리스편은 그리스정교의 성역이라는 아토스 산에서 이 수도원 저 수도원 — 장대비가 쏟아지는 우천雨天을 무릅쓰고 — 을 차례차례 방문하면서 현실 세계와 신성神性의 영역을 가르는 정신적 이방지대에 대한 흥미롭고 깊이 있는 글로 채워져 있다. 무더위의 염천炎天하의 터키편은, 4륜구동차를 타고 터키의 최심부最深部인 위험지대를 탐방한 문자 그대로 '터프'하고 '와일드'한 기행문이다.

《먼 북소리》에 이어 하루키 기행문학의 백미편

하루키는 《먼 북소리》에서 "어느 날 아침 눈을 뜨고 귀를 귀울여 보니 어디선가 멀리서 먼 북소리가 들려왔다. 아득히 먼 곳에서, 아득히 먼 시간 속에서 그 북소리는 들려왔다. 아주 가냘프게. 그리고 그 소리를 듣고 있는 동안, 나는 왠지 긴 여행을 떠나야 할 것 같은 생각이 들었다"라고 긴 여행을 떠나는 의미를 부여했었다.

그리고 이 책에서 하루키는 그리스와 터키의 변방을 여행하게 된 계기를 이렇게 말하고 있다.

"나는 책에서 아토스에 관한 얘기를 읽은 후로 어떻게 해서든 꼭 한 번 이곳에 와보고 싶었다. 그곳에는 어떤 사람들이 있고 어떻게 살아가고 있는지, 실제 내 눈으로 보고 싶었던 것이다."

"······나는 터키라는 나라에 대해 강한 흥미를 갖게 되었다. 왜 그런지는 나로서도 잘 알 수가 없다. 나를 끌어당긴 것은 그곳 공기의 질 같은 것이 아닐까 생각한다. (···) 이상스럽게 느껴지는 공기의 질적인 차이는 다른 어느 곳의 공기와도 같지 않았다."

하루키는 아토스 반도와 터키를 여행하기 위해 수많은 책과 자료를 모으며 탐구하고 계획했다. 힘든 여정이었으나 다행히 그와 함께한 동행이 있어 외롭지 않았다. 그 파트너는 다름 아닌 편집자 자 O씨, 그리고 사진작가 마쓰무라 에이조 씨다.

여행의 전 과정을 생생히 보여주는 미공개 사진 144컷 수록

원제인 《우천염천》, 즉 아토스 섬에서 만난 대책 없는 장대비와 터키의 마을을 돌아다닐 때의 불볕더위를 가리키는 이 말은 하루키 일행이 얼마나 힘든 여행을 했는가를 잘 말해준다. 길은 끝없이 험하고 날씨는 끝없이 짓궂고 식사는 끝없이 형편없다.

에게 해부터 2,000미터 높이의 험준한 아토스 산이 치솟은 반도를 수도원에 묵으며 쉴 새 없이 걸어야 했던 아토스 반도. 그리스 정교의 땅인 이곳에서 하루키는 스타브로니키다, 이비론, 필로세우, 카라칼르, 라브라 등 여러 수도원을 거치며 현실 세계 그 너머의 성스러움을 경험한다. 또한 도요타 파제로를 타고 해협을 건너 군인투성이와 위험과 먼지, 양이 가득한 터키 동부의 국경지대를 지나며 진실하고 깊은 인간 세상을 들여다본다.

결국 사정없이 쏟아지는 비와 햇빛을 뚫고 그리스의 수도원과 터키의 여러 마을을 여행한 하루키는 이 책에서 무엇을 말하고자 한 것일까? 아마도 그리스정교의 수도원을 돌며 느낀 성聖과, 터키 사람들의 생활에서 본 속俗을 통해 얻은 인생의 깨달음이 아니었을까.

이 책은 이미 1990년에 일본에서, 2003년에 우리나라에서 출간되어 많은 독자들에게 읽혀왔다. 그러나 이번의 개정판이 의미 있는 이유는 글로만 느낄 수 있었던 감동을 사진으로 배가시켰다는 점이다. 여행 당시 하루키와 함께했던 사진작가 마쓰무라 에이조는 이번 책에 자신이 찍었던 사진 144컷을 수록하는 데 승낙했다. 따라서 글과 함께 여행의 전 과정을 사진으로 보는 재미까지 더하게 되어 개정판이 아닌 신판을 보는 듯한 느낌을 준다.

비에도 지지 않고 먼지에도 굴하지 않고 거칠고 와일드하고 힘든 모험을 계속하는 하루키 일행. 곰팡이가 핀 빵도 험준한 산길도 하루키 일행의 발걸음을 막지 못했던 이 여행 이야기는 30년이 지난 오늘날에도 진한 감동으로 다가온다.

전편을 통해서 하루키의 여행은 각기 다른 특이한 세계와 환경에 젖어, 사색에 잠겨, 새로운 소설을 탄생시킬 구상을 가다듬는 기초가 된다는 것을 실감할 수 있다. 이 책을 읽는 독자들에게 하루키가 찾아갔던 그 미지의 세계로의 여행을 상상력을 구사하여 함께 재체험할 수 있는 즐거움뿐만 아니라 깊고 진지하게 언어와 문학의 참맛도 음미할 수 있을 것으로 생각된다.

옮긴이 **임홍빈** 任洪彬

문학사상의 대표 및 편집고문. 하루키 소설 30여 작품을 번역, 출판하는 데 있어 작품 선택과 번역 감수 등 선도적인 역할을 해온 한국의 '하루키 문학 메시전'로 알려져 있다.
서울대 법대를 졸업한 후 20여 년간 〈중앙일보〉〈한국일보〉〈경향신문〉 등에서 신문인으로 활동했다. 하버드대와 동경대 대학원 등에서 신문학 등에 관한 연구를 했으며, 고려대와 이화여대에서 신문학을 강의했다. 옮긴 책으로는 《대통령의 안방과 집무실》《사업가는 세상에 무엇을 남기고 가는가》(영역),《어둠의 저편》《렉싱턴의 유령》《도쿄기담집》《비밀의 숲》(일역) 등이 있다.

무라카미 하루키 여행 에세이

비 내리는 그리스에서
불볕천지 터키까지

1판 1쇄   2008년 11월 10일
2판 1쇄   2015년 7월 10일
2판 3쇄   2022년 1월 27일

지은이   무라카미 하루키
사진   마쓰무라 에이조
옮긴이   임홍빈

펴낸이   임지현
펴낸곳   (주)문학사상
주소   경기도 파주시 회동길 363-8, 201호(10881)
등록   1973년 3월 21일 제1-137호

전화   031) 946-8503
팩스   031) 955-9912
홈페이지   www.munsa.co.kr
이메일   munsa@munsa.co.kr

ISBN 978-89-7012-932-7 (03830)